美人上司とにわか雨

雨宮慶

双葉文庫

目次

美人上司とにわか雨　5
淫熱　47
自称「三十四歳の人妻美也子」　83
埋もれ火　119
似た女　155
黒い嫉妬　187
遺された情事　225

美人上司とにわか雨

1

取引先のデパートで商談を終えて外に出ると、黒雲が垂れ込めていた。午後の二時だというのに夕暮時のように暗く、いまにも一雨きそうだった。

「主任、これは大降りになりますよ。タクシーで帰りますか？」

同行していた部下の神崎智彦が、芙美子を振り返って訊いた。

「そうね。でも急げば、駅に着くまでは大丈夫じゃない。いまは経費削減の折だから、電車にしましょ」

そういって芙美子は足早に歩きだした。仕方なさそうに神崎も歩調を合わせてきた。

駅までは、この足でいけば、五、六分だった。

デパートにきたときはいい天気だったから、降ったとしてもにわか雨だろう。

その前に駅に着けば、降りはじめても電車に乗っているうちにやむ可能性が高い。それに会社は駅のそばだから、やまないまでも小降りなら、なんてことはない。

芙美子は歩きはじめてすぐ、そう思った。

ところがほどなく、その予想は外れた。ポツポツと雨粒が落ちだしたと思ったら、たちまちドシャ降りになった。まさにゲリラ豪雨だった。

ふたりはあわてて近くのビルの軒先(のきさき)に駆け込んだ。

芙美子は神崎と一緒にガラス越しにビルのなかを覗き見た。とたんにうろたえた。

「やだ、ここってラブホテルじゃない？」

「——ですね。どこかの会社のビルかと思ったけど、表通りに面してるからこういう造りにしてるんじゃないですか」

実際、フロントの横の壁面に部屋を紹介したカラーパネルがなければ、会社か小さなシティホテルのしゃれたロビーという感じだ。

「どこか、ほかに雨宿りするとこないかしら」

芙美子は困惑してあたりを見まわした。

あいにく、近くに適当な場所は見当たらなかった。

「もう少し先までいけばあるかもしれないけど、この降りだとすぐ、ずぶ濡れですよ」

神崎のいうとおりだった。

「困ったわね。早く上がってくれないかしら」

芙美子は恨めしそうに空を見上げた。

しばらくはやみそうもなかった。激しい雨足が舗道で飛沫（しぶき）を上げていた。

芙美子は居心地がわるくなってきた。それに焦りはじめた。傘をさして行き交う通行人が、ラブホテルの前に立っている芙美子と神崎に好奇な眼を向けていくのだ。

「いやだわ、みんな変な眼で見てるわよ」

芙美子はたまらなくなって、神崎の陰に隠れた。

「主任、こうなったら雨がやむまで休憩していきませんか？」

唐突に神崎がとんでもないことをいった。

「え――!?」

芙美子は意表を突かれて絶句した。

神崎はこともなげに芙美子に笑いかけていった。

「だって、あのふたり、ラブホまできたのに、入るの迷ってんのかな？　なんて興味津々(しんしん)の眼つきで見られてるより、そのほうがいいんじゃないですか」

「それはそうだけど、でも……」

芙美子は口ごもった。

「でもなんです？　休憩するだけなら、どうってことないじゃないですか。それともこのまま見せ物になってるほうがいいんですか」

神崎の問い詰めるような訊き方に、芙美子は驚いた。ふだん仕事の上では素直で従順な、そのぶん個性や押し出しに欠ける面がある彼にしては珍しいことだった。というより、こんな彼を見るのは初めてだった。

それよりもどうすべきか、芙美子は迷った。いくら休憩するだけとはいっても、相手は部下の男性社員だ。場所が場所だけになにもなかったではすまない。

そう思ったとき、芙美子は戸惑った。急に胸が高鳴ってきたのだ。

なにかを期待して、というのではなかった。ふと、秘密やスリルのようなものを感じたのだ。

そんなことを感じて胸がときめいたことに、芙美子は当惑した。当惑しながらも、このまま見せ物になるのはたまらないと思った。

「仕方ないわね。そうしましょうか」

芙美子はつぶやくようにいった。

とたんに神崎は顔を輝かせた。

「じゃあ入りましょう」

弾んだ声で芙美子をうながす。

芙美子は神崎のあとについてドアの前に立った。自動ドアが低い音をたてて開くと、一気に緊張した。

「ぼくが部屋を取ってきますから、主任はエレベーターの前で待っててください」

神崎は慣れたようにいうと、フロントに向かった。

芙美子は顔を伏せてフロントの前を通りすぎ、その奥に見えているエレベーターホールにいった。

神崎を待っている間、緊張と胸の高鳴りが強まってきた。

ただ、いまの胸の高鳴りは、さきほど秘密やスリルのようなものを感じたときのそれとはちがっていた。

さすがにいざとなると――これから彼とラブホテルの部屋でふたりきりになる

のだと思うと、躊躇する気持ちが頭をもたげてきて息苦しくなり、それでいて
なぜか鼓動が激しくなっているのだった。
芙美子は三十四歳。婦人服専門のアパレルメーカーの商品企画部に勤務してい
て、これまでの仕事が評価されて、その歳で係長待遇の役職に就いている。
結婚して五年。三歳年上の夫は大手都市銀行の行員で、仕事が生き甲斐のよう
なタイプだ。
恋愛結婚した芙美子と夫には、セックスはしても子供は作らない主義という共
通点があった。
ところがふたりとも仕事に追われる毎日を送っているうち、結婚してわずか五
年で、一年あまり前からセックスレスに陥っていた。
神崎智彦は、入社してまだ三年あまり。二十六歳の独身で、仕事の上で芙美子
が感じる性格そのままの、柔和な、といって二枚目というのでもなければ個性
的でもないありふれた顔立ちをしていて、ひょろりと背が高い。
そんな神崎を、これまで芙美子は特別な眼で見たことはなかった。男としても
部下としても、芙美子から見れば魅力のないタイプだった。

もっとも部下としては使いやすく、その意味では悪い印象はなかったけれど。

――ラブホテルの部屋でふたりきりになるといっても、彼とならなにもあるはずがないのに、どうしてこんなにも胸がドキドキするのか、芙美子は不思議だった。

そこへ神崎がルームキーを手にしてやってきた。

「じゃあいきましょうか」

神崎にうながされて、芙美子はエレベーターに乗った。

ふたりを乗せたエレベーターが上昇しはじめたとたん、芙美子は初めて緊張した。

2

部屋に入ると、女上司は落ち着かないようすで室内を見回していたが、すりガラスの小窓を打ちつけている雨を眼にして、

「まだよく降ってるわ」

ラブホテルの部屋でふたりきりになって緊張しているのか、いつもより声が硬

い。

「やむまで、もう少しかかりますよ」

反対に神崎は胸がときめいていた。それが出ないよう声の調子を抑えた。

「主任、飲み物はなにがいいですか？　ビールでも飲みます？」

「だめよ、勤務中なのに」

磯部芙美子はチラッと神崎を見てたしなめ、すぐまた窓の外を見た。

「あれば、わたしはジュースでいいわ」

わかりました、といって神崎は冷蔵庫に向かいながら、これこそ天の恵みじゃないかとニンマリした。

以前から芙美子に年上の女の魅力を感じていたところ、一カ月ほど前に偶然思いがけない話を耳にして、なんとかものにできないかとチャンスをうかがっていたのだ。

それが出先でにわか雨にあったおかげで、一気にラブホテルで休憩するチャンスに恵まれたのだから、まさに天恵だった。

神崎が芙美子に惹かれるようになったのは、入社してしばらく経ってからだった。

当初はやり手の女上司だとしか思わなかった。それどころか、いかにも優秀なキャリアウーマンらしく、エリート銀行員と結婚しているとわかるまでは、仕事一筋という感じからして行き遅れの独身だろう、男と付き合ってる暇もなくてまだバージンかもしれないなどと勝手に思い、仕事のできる女上司に仕えるストレスを解消していたものだった。

ところが思いがけないことから芙美子の魅力に気づいたのだ。それは、彼女がいつもかけている黒いセルフレームの眼鏡を外したところを、初めて見たときだった。

こんな美人だったのか⁉　神崎は驚いた。

もともと理知的な顔立ちではあったが、眼鏡を外すと、これがパーフェクトな美人顔なのだ。

しかもその顔が、神崎にとって忘れることができない女の顔とどことなく似ていたため、二重に驚いた。

それからは芙美子のすべてが神崎にとって魅力的に見えた。というより、もともと彼女が持っていた魅力に、それがきっかけで気づいた、といったほうがいい。

芙美子は均整の取れたプロポーションをしている。人妻であのプロポーションなら、裸になればゾクゾクするほど色っぽい躯をしているはずだ。そう想うと、いつものスーツ姿もたまらなく悩ましく見えた。

それにやり手のキャリアウーマンの彼女が、セックスのときはどんな乱れ方をするのかと想像するだけで、若い神崎の股間はうずいた。

そうなるとおかしなもので、やり手のキャリアウーマンぶりまでセクシーに見えてきたから不思議だった。

その芙美子とラブホテルの部屋でふたりきりになっているのだ。

神崎の胸のときめきは抑えようもなかった。

もっとも、芙美子は神崎とセックスを愉しむためにホテルに入ったわけではない。

問題は、どうやって芙美子をものにするかだった。

「主任、どうぞ」

神崎はまだ外を見ている女上司に声をかけ、缶ジュースと缶コーヒーをテーブルの上に置いて椅子に腰かけた。

芙美子は向き直り、テーブルに歩み寄ってきた。神崎と向き合って椅子に座る

と、缶ジュースを手にプルトップを引き、口に運んだ。緊張して喉が渇いているのか、美味しそうに飲むと、

「ここの料金、あとで教えて。わたしが支払うから」

手にしている缶ジュースに視線を向けたままいう。

経費として会社に請求しようにも、雨宿りのためとはいえラブホテル代はありえない、というわけだろう。

「いや、僕が払いますよ、休憩しましょうっていいだしたのは僕ですから」

神崎はそういうと、ラブホテルに入ったときから考えていたことを口にした。

「そのかわり、主任の眼鏡を外した顔を見せてもらえませんか」

「え⁉　なによ突然」

女上司は唖然としている。

神崎はグビッと缶コーヒーを飲んでからいった。

「思いきって告白しちゃいます。じつは僕、前から主任が好きだったんです。特に眼鏡を外した主任が」

「なにバカなことといってるの。冗談はやめてよ」

一笑に付(ふ)された。神崎の予想したとおりの反応だった。ただ、それにしては女

上司の笑い顔はぎこちない。

「僕は本気ですよ、主任。こういうホテルにきたカップルと同じことを主任としたいんです」

「あなた、なにいってるの⁉　自分のいってることがわかってるの⁉　勝手なこといわないでッ」

芙美子は憤慨して立ち上がった。

「わたし帰るわ」

いうなり戸口に向かおうとする。神崎は駆け寄って後ろから抱きすくめた。

「なにするのッ。離してッ」

「主任、無理するのはやめましょうよ。けっこう欲求不満が溜まってんでしょ？　ほら、素直になって愉しみましょうよ」

腕のなかで必死に抗う芙美子の耳元で神崎は話しかけ、右手をいきなりスカートの下に入れて下着越しに股間をわしづかみにした。

瞬間、芙美子の躯がビクッとして硬直した。

「やめてッ。やめないとセクハラで訴えるわよ」

芙美子は息を弾ませていう。

「そんなこと無理ですよ。主任と僕は仲良くラブホテルにきてるんです。誰が見ても合意の上じゃないですか。さ、強がりいわないで感じちゃいましょうよ」

神崎も息を弾ませていいながら、片方の手で芙美子の股間の膨らみを、同時に一方の手でブラウス越しに重たげに張った乳房を揉みたてた。

「いッ、いやッ……やめ……だめッ……あッ、あンッ……」

女上司は狼狽しきった感じの声を洩らしながら、太腿をすり合わせるようにして身をよじる。

そのむちっとしたヒップに、神崎は早くも勃起している分身を強く押しつけた。とたんに息を呑んだような気配と一緒にまたビクッとして、芙美子の軀が硬直した。

そのまま神崎が両手で嬲りつづけていると、それにつれて芙美子はそれまでにない反応を見せはじめた。

徐々に全身の力が抜けて荒い息遣いになり、なよなよと身悶えるのだ。しかも意識してかどうか、ヒップを神崎の強張りにこすりつけるようにして。

男の強張りを感じただけで豹変した芙美子に、神崎は興奮を煽られながらホッとした。こうなるだろうと予想し期待していたものの、実際にどうなるかはギャンブルだったのだ。

それもにわか雨のおかげでラブホテルで雨宿りすることにならなかったら、ギャンブルは打てなかったし、無理やりにでもものにしてやろうとまでは思えなかった。

もっとも、もし予想が外れて結果が裏目に出ていたとしたら、人妻とはいっても相手は上司だから面倒なことになっていたはずだった。

それだけに芙美子の反応を確かめるまでは不安だった神崎だが、いまはもうその心配がなくなり、緊張感からも解放されて、人妻の女上司を凌辱（りょうじょく）する欲情だけがみなぎっていた。

「主任、どうしちゃったんですか？　このいやらしい腰つきは」

「い、いやッ。やめてッ」

両手で嬲りつづけながら、いい匂いがして艶のあるセミロングの髪を顔で分け、首筋から耳元に唇を這わせて思わせぶりに囁（ささや）いた神崎に、首をすくめて身悶える芙美子が息せききっていやがる。

「感じちゃってんでしょ？　ほらッ」

神崎はいうなり、乳房と下腹部の膨らみを強く揉み込み、芙美子の腰を引きつけて怒張をヒップに突きたてた。

「あッ、ああンだめッ」

芙美子はふるえ声を洩らしてのけぞった。すかさず神崎は芙美子の耳に舌を挿し入れた。

「アアッ、うう〜ん！」

感じ入ったような呻きと一緒に芙美子の軀がわななく。

まるでイッたような反応を見て神崎は芙美子を向き直らせ、唇を奪った。

芙美子は小さく呻いただけで拒まなかった。そればかりか、神崎の舌の侵入も抵抗なく受け入れると、初めのうちこそされるがままになっていたが、やがて芙美子からもねっとりと舌をからめ返してきた。

濃厚にからみ合う舌と下腹部に突き当たっている神崎の強張りで、熟女の上司は興奮を煽られているようだ。せつなげな鼻声を洩らして腰をもじつかせている。それも性感が下半身にまでおよんでいるらしく、やっと立っているという感じだ。

神崎は唇を離して笑いかけた。

「主任もやっとその気になってくれたようですね」

「いや……」

女上司は顔をそむけてうろたえたような声を洩らした。肩が上下するほど息遣いが荒く、表情は興奮が浮きたって強張っている。それに軀がぐらついて、神崎が抱き支えてやっていなければ立っていられそうにない。

神崎は女上司の肩に両手をかけた。それだけで芙美子は崩れ落ちて、神崎の前にひざまずく恰好になった。

神崎は芙美子の眼鏡を外した。芙美子は小さく「いや」といっただけでうつむいた。

「主任て、眼鏡を外すとすごい美人じゃないですか。もったいないですよ、どうしてコンタクトにしないんですか？　もっとも、眼鏡をかけてる主任も、理知的な感じでわるくないですけどね」

「やめて……」

神崎がスーツを脱ぎはじめたのを見て、女上司は懇願するような表情と声でいってかぶりを振った。

3

「主任、見たいんでしょ？　さ、見せてあげますよ」

手早くボクサーパンツだけになった神崎は、そういうなり片方の手で芙美子の髪をつかんで顔を仰向かせ、一方の手でパンツをずり下げた。

ブルン！——生々しく弾んで怒張が露出すると同時に「アアッ」と芙美子が昂った声を洩らした。

そのまま、それから眼が離せないというようすで怒張を凝視している。しかも興奮が一気に高まったような表情で。

「どうです、ビンビンのペニスを見るのは久しぶりでしょ？　こういうのでズコズコされたくてたまらなかったんでしょ？」

神崎はペニスを揺すって見せつけた。

「アアッ、だめ……」

興奮しきった表情で怒張に見入ったまま、芙美子はふるえ声でいう。

「当たりだな。眼が正直にそうだといってるよ。そうなんだろ？」

神崎はそれまでとはがらりと言葉使いを変えると、怒張を女上司の顔にこすりつけた。

いや、と芙美子はおぞましそうな表情でいって怒張から逃れようとする。が、神崎に髪をつかまれているのでままならない。

神崎は怒張で美貌を撫でまわした。すると、みるみる芙美子のようすが変わってきた。眼を閉じてされるままになっているうち、興奮に酔ったようにうっとりした表情が浮きたってきて、ハァハァ息を乱しはじめたのだ。

ふだんは引き締まって形のいい唇が、だらしなく緩んでいる。神崎は亀頭でその唇をなぞった。

芙美子は荒い息遣いをしながら、唇をわななかせる。神崎は凌辱する興奮と快感で軀がふるえそうだった。

「ほら、しゃぶりたいんだろ？　しゃぶってみなよ」

「いや、やめて」

まだ少しは理性が残っているのか、芙美子は弾む息でいう。

「まァいいや。そのうちしゃぶりたくてたまらなくさせてやるよ」

神崎は芙美子を抱いて立たせた。

ペニスで顔を撫でまわされているうちに興奮の酔いが全身にまわったらしい。

芙美子の軀はフニャフニャだった。

神崎は片方の腕で芙美子を抱えてスーツを脱がせにかかった。上着を脱がせ、ブラウスのボタンを外していく。

芙美子はうわごとのように「いや」という言葉を繰り返し洩らすだけで、されるままになっている。

ブラウスを脱がすと、上半身白いブラをつけただけの恰好になった。ほどよいボリュームをたたえた乳房の膨らみが、上半分がレースになったブラカップから透けて見えている。

神崎はまぶしげにそのバストを見ながらスカートのフックを外し、ジッパーを下げた。タイトスカートを下ろそうとすると、そのときだけ芙美子ははっきりとした声でいやがって腰をくねらせた。が、それ以上の抵抗はしない。

腰の張りにつかえたタイトスカートを、神崎はぐいと引き下ろした。スカートが足元に滑り落ちると、芙美子はまた「いやッ」と声を発して両脚をよじり合わせた。

そうやっていやがっても一人では立っていられず、腰を抱いている神崎にもたれかかっている。神崎は芙美子をベッドに押し倒した。

「あッ、いやッ」

「いまさらいやはないんじゃないの。どれ、人妻の熟れた裸を拝ませてもらおうか」

神崎は芙美子に馬乗りになると、両手を彼女の背中にまわしてブラホックを外し、ブラを抜き取った。芙美子はあわてて両腕で胸を隠した。

「神崎くんやめてッ。いまならわたし、なにもなかったことにするから。ね、おねがいだからやめてッ」

女上司は必死に懇願した。

「まだそんなこといってるの？　ペニスで顔を撫でまわされて興奮しまくってたっていうのに」

「いやッ、やめてッ」

馬乗りになったまま軀をずらしながらせせら笑っていった神崎に、女上司は狼狽しきって顔をそむけた。

芙美子の膝のあたりにまたがった神崎は、刺戟的(しげきてき)な眺めに眼を奪われた。

肌色のパンストの下に白いショーツが透けて見えている、官能的に張った腰。

ブラとペアらしいショーツはハイウエストのハイレグで、上端が尖(とが)った山型のクロッチの部分以外はレースになっていて、そこからわずかにヘアが透けて見えている。そして、山型のあたりがこんもりと盛り上がり、さらにその下のクロッチの部分がふっくらと膨らんでいる。

むっとする女の性臭が迫ってくるようなその眺めに興奮と欲情をかきたてられながら、神崎は芙美子の股間に手を這わせた。

「主任のここ、土手高だな。このモッコリがたまらないよ」

「あッ、いやッ。やめてッ。だめッ」

下着越しに恥丘を撫で、秘苑の膨らみをまさぐる神崎の手に、芙美子は頬を赤らめて顔を振りたて、息せききっていいながら腰をもじつかせる。

神崎はパンストに両手をかけると、ゾクゾクしながらわざとゆっくりずり下げていく。

「アアいやッ。だめよ、だめッ」

うろたえてなおも顔を振りたてる女上司の反応が、ますます神崎の興奮を煽る。嗜虐的な興奮だった。

「ほ〜ら見えちゃうよ、主任のアソコが」

「そんなア、いやァ」

パンストと一緒にショーツもじりじり下げていく神崎に、芙美子は悲痛な声をあげて顔をそむけ、必死に腰を上下左右に振る。といっても神崎が膝にまたがっているため、それはわずかな動きだ。

パンストとショーツが太腿の付け根のあたりまでずり下がって、初めて女上司のヘアがあらわになった。と同時に「いやァ」という恥ずかしそうな声と一緒に芙美子の手がそれを隠した。

一瞬神崎の眼にとまったヘアは、かなり濃密だった。

芙美子は片方の腕で乳房を、一方の手で股間をそれぞれ隠し、羞恥と狼狽が入り混じったような表情の顔をそむけたまま、息を弾ませている。

「想ったとおりだ。さすがは三十四歳の人妻、熟れた色っぽい軀をしてる……」

下着が太腿の中程まで下がっている女上司の裸身を、神崎は舐めるように見てつぶやいた。

バストとヘアは隠されて見えないが、しっとりと脂が乗ったような艶のある肌といい、優美で悩ましい軀の線といい、まさに熟れた女体ならではの色っぽさだ。

「でもそうやって肝心な部分を隠されていたんじゃ、せっかくの色っぽい軀をじっくり観賞できないな。仕方ない、邪魔な両手を縛っちゃおう」

いいながら二人分のバスローブの帯紐を手にした神崎は、うろたえた表情を見せている芙美子を素早くうつ伏せにした。

「やめてッ。縛るなんていやッ」

いやがる芙美子にかまわず、神崎は両手を背中で交差させるとバスローブの紐で手早く手首を縛り、すぐまた芙美子を仰向けにした。

「ほら、これでもう隠すことはできない。ほう、三十四歳の人妻にしちゃきれいなオッパイしてるじゃないの」

むき出しの乳房は、仰向けに寝ていても紡錘形（ぼうすいけい）を保っている。もっとも乳首だけは歳相応に色づき、おそらく性感の高まりのせいだろう、円柱状のそれが突き出ている。

神崎は両方の乳房を両手で包み込んで揉みたてた。そうしながら指先で乳首をこねた。

両手を縛られたショックか、言葉もなくうろたえたようすで顔をそむけていた芙美子が、それにつれて悩ましい表情を浮かべて狂おしそうにのけぞる。最初のうちは必死に声を殺していたようだが、すぐにせつなげな喘ぎ声をきれぎれに洩らしはじめた。

「その調子だ。調子が出てきたところで、ついでに脚も縛っちゃおう」

神崎は乳房を揉むのをやめて、もう一本の紐を手にした。

意外にも、芙美子はいやがらない。放心したような興奮した表情のまま黙っている。

芙美子はまだ中ヒールのパンプスを履いていた。

神崎は芙美子の下着をパンプスと一緒に取り去って全裸にすると、紐の片方の端で膝を縛った。

ついで芙美子の上体を抱き起こし、膝を縛った紐を引き絞るようにして両手を拘束している紐にからめると、「いやッ」と芙美子がうろたえたような声を洩らした。どういう恰好にされるか、わかったらしい。

神崎はさらにその紐の端で芙美子の一方の膝も縛った。

「いやッ。ほどいてッ。こんなのいやッ」

さすがに狼狽しきったようすでかぶりを振る。

「ほら、もっといい恰好にしてやろう」

神崎は芙美子の肩を小突いた。ごろんとその軀が仰向けに転がった。

「アアだめッ。見ちゃいやッ」

芙美子は悲鳴に似た声でいって必死に躯を横に向けようとする。が、神崎が両手で膝をつかんでいるため、どうすることもできない。両脚をM字の形に開いて、秘苑をこれ見よがしに露呈した状態だ。

「これじゃあ見るなというほうが無理だよ。だって主任のオ××コ、パックリだもん」

神崎は秘苑を覗き込んでわざと露骨な言い方をした。

「いやッ、いわないでッ」

芙美子はふるえをおびた声でいった。開ききった両脚もブルブルふるえ、そむけて眼をつむっている顔に、いたたまれないような表情を浮かべている。

神崎はゾクゾクしながら、人妻上司の秘苑に見入った。

ヘアはかなり濃く、性器の周りにまでひろがっている。パックリと口を開けた肉びらは乳首と同じようにややくすんだ赤褐(せきかっしょく)色をして、よく発達してわずかに湾曲している。

その肉びらの色のぶん、すでにジトッと濡れ光っているクレバスのピンク色の粘膜が、より鮮やかに、生々しく見える。

「やっぱりな。いやだいやだっていいながら、もうグショ濡れじゃないかよ。だけど主任のオ××コ、美人にしてはいやらしいね。ヘアも濃いし、ビラビラの形とか色のせいかな。でもこのいやらしさって、そそられるよ」

秘苑を覗き込んだまま、あからさまなことをいう神崎に、恥ずかしさのあまりか芙美子は声もない。

4

芙美子は戸惑っていた。これ以上ない恥ずかしい恰好を強いられて、初めのうちは羞恥の炎に炙りたてられていたのに、それがしだいに羞恥の炎なのか快感のそれなのかわからなくなって、いままでに経験したことのない狂おしさに襲われているからだった。

「おおッ、すげえな。主任て意外にマゾッ気があるんじゃないの。こんな恥ずかしいところを見られてるのに興奮しちゃって、ますます感じちゃってるじゃないよ」

神崎が驚いたような声でいう。

「そうなんだろ？　オ××コの口をヒクヒクさせてお汁をあふれさせちゃってる

し、ハァハァ息なんか乱しちゃって。ほら、もうどうにかしてほしくてたまんないんじゃないの」

神崎の指が恥ずかしい唇をなぞる。

芙美子の口から昂った喘ぎ声が洩れて、ひとりでに腰がヒクつく。

なにもかも神崎のいうとおりだった。芙美子はもうどうにかしてほしくてたまらなくなっていた。泣きたくなるほど軀が——というより膣が熱くうずいていた。

「どっちがいい？　オ××コ指で弄られるのと舐められるの。いってみなよ」

「ああッ、指で……」

芙美子はたまりかねていった。辱められながらそんなはしたないことを求める自分に、カッと全身が火になるような、羞恥か興奮かわからない感覚に襲われながら。

「じゃあリクエストに応えてといいたいとこだけど、それじゃあおもしろくないから舐めてあげるよ」

笑いを含んだような声でいうなり、神崎が秘苑に口をつけてきた。

ヌメッとした感触に、芙美子はうろたえた。シャワーも浴びていない秘苑を舐められるのはいやだった。

「だめッ、いけないわッ、汚い……あッ、ああッ、ああン……」

あわてて腰を揺さぶって拒もうとしたが、舌でクリトリスをこねられると鋭い快感をかきたてられて、どうしようもなくなった。

神崎は猫がミルクを舐めるような音を響かせて過敏な肉芽を舐めまわす。恥ずかしい匂いがしているかもしれない秘苑に口をつけてそうされていることも、そのいやらしい音も、もはや芙美子にとっては強烈な刺戟でしかなくなって、そのぶん快感をかきたてられる。

一年あまりセックスレスに耐えてきた熟れた女体は早々とこらえを失ってしまって、めくるめくオルガスムスの波に呑み込まれ、芙美子は泣きながら絶頂を訴えて腰を揺すりたてた。

「ヘエ～、そんなによかったの？　マジに涙なんか流しちゃってるじゃない」

オルガスムスの余韻に浸っていると、神崎が驚いたようすでいった。芙美子自身、目尻から涙が流れているのはわかっていた。

「よほど欲求不満が溜まってたんだな。まだ軀がヒクついてるよ」

いいながら神崎は指で膣口をこねて、クチュクチュと生々しい恥ずかしい音を響かせる。

「うう〜ん、だめ……」

うずいている膣をくすぐりたてられるような感触に、芙美子は艶かしい声を洩らして腰をもじつかせた。そうせずにはいられない。

「指、入れてほしいんじゃないの」

膣口をこねつづけながら神崎が訊く。

本音をいえば、もう硬いペニスがほしくてたまらない芙美子だったが、そうはいえず、嬲られているうちに指で弄ばれたいという思いも込み上げていて、すがるように神崎を見ると、強くうなずき返した。

「だったら、どこに入れてほしいのか、いってごらん」

「な、中に入れてッ」

「中ってどこの？　主任がいやらしいことというの、聞きたいんだよ」

神崎は笑っている。辱めて愉しんでいるのだとわかった。それでいて、自分でも戸惑うような興奮をかきたてられて芙美子はいった。

「オ××コの中……」

「いいな。主任がそんないやらしいことというなんてたまンないよ」

いうなり神崎は指を入れてきた。ヌル〜ッと滑り込んできた指に、芙美子は身ぶるいする快感をかきたてられてイキそうになった。

神崎が膣の上のほうを指でこすりながら、乳首をつまんでこねる。

両方の快感が溶け合って、芙美子は狂おしさに襲われる。それが泣くような喘ぎ声になる。

いきなり乳首に痛みが走って、芙美子は呻くと同時に弾かれたようにのけぞった。神崎が硬くしこっている乳首を指で鋭く弾いたのだ。

だが痛みは一瞬でジーンとしびれるような快感に似たうずきに変わり、その乳首を揉まれるとそれまで以上に感じる。

芙美子の反応からそれを見抜いてか、神崎はときおり乳首を指で鋭く弾きながら、ねちっこく膣の上のほうをこすりたてる。

乳首を弾かれるたびに芙美子はビクッと軀を弾ませてのけぞる。痛みは消え、それはもう快感でしかない。くわえて膣の中の指の動きがもどかしくてたまらなくなった。

「ウウ〜ン、もっとォ……」

芙美子は自由にならない軀を揺さぶった。

「もっとなに？」

神崎が訊く。美也子は一瞬躊躇した。が、さきほど卑猥な言葉を発したときと同じように、あからさまな要求を口にすることに頭の中が熱くなるような興奮をかきたてられていった。

「いやッ。ねッ、奥もしてッ」

「そうか、それでそんないやらしい腰つきをしてるわけ？　でも奥は、あとで指よりもっといいものでズコズコするまでお預けだ」

神崎は笑っていって、芙美子の求めに応じてくれない。

そうやって嬲られているうちに芙美子はうろたえはじめた。膣からわきあがる快感が、なにかちがうのだ。熱い塊のようなものがどんどん膨らんでくる感じで、こんな経験は初めてだった。

しかもそれがいまやもう、軀の中から外に迸り出そうになってきた。

「ああッ、だめッ」

あわてていった瞬間、芙美子は身ぶるいに襲われた。

「出ちゃう！」

熱い塊が迸った。ビュッ、ビュッとたてつづけに迸る。

「おおッ、すごいすごいッ！」

止まらない身ぶるいとオルガスムスに似ているようでそれともちがう昂りに襲われて、迸りのたびに喘ぐ芙美子には、神崎の驚きと興奮が入り混じった声が遠くに聞こえた。

「主任て、いままでも潮吹いてたの？」

放心状態で息を弾ませている芙美子に、神崎が訊いてきた。

芙美子は一瞬、なにをいわれているのかわからなかった。が、すぐにどこかで見たか聞いたかした〝潮吹き〟という言葉が頭に浮かび、やっと自分の身に起きたことがそれだとわかった。

「こんなの、初めて……」

「へえ、初めてか。それにしちゃあ派手に吹いちゃったな。ほら、ビチョビチョだよ」

神崎の手と胸のあたりがビショ濡れになっているのを見せられて、芙美子は顔が火照(ほて)った。

神崎は芙美子を抱き起こすと、手足を縛っている紐を解きはじめた。

「俺のこと、怒ってる？」

解き終わると美也子の顔を覗き込み、笑いかけて訊いてきた。

芙美子は顔をそむけた。

「知らない……」

少しは憤慨しているところを見せなければという思いとは裏腹に、すねたような声音(こわね)になってしまった。

「じゃあ怒ってないってとこを見せてもらいたいな。それもマゾッ気がありそうな主任にふさわしいスタイルで奉仕してもらって。さ、四つん這いになってしゃぶってよ」

神崎は膝立ちの恰好になって、両手で芙美子の肩を押さえた。

「そんな……」

前屈(まえかが)みにさせられて芙美子はいいかけたが、いやという言葉を口にできなかった。一瞬屈辱をおぼえたが、瞬時にそれは昂りに変わっていた。

それは、目の前にある怒張で貫かれたくてたまらないほど軀がうずいているせいだけではなかった。部下にそんな屈辱的なことをいわれて従う自分の姿が頭をよぎって、その瞬間不意に、堕(お)ちていく歓びのようなものと一緒に身内が熱くなるような昂りが込み上げてきたのだ。

芙美子は四つん這いになった。若い神崎のペニスは、腹を叩かんばかりに反り返っている。その亀頭に唇を触れた瞬間、軽いめまいに襲われて、そのままねっとりと舌をからめていった。

戯れるような舌の動きに怒張がヒクつく。それを感じて芙美子の膣が熱くざわめき、うごめく。

芙美子は顔を右に左に傾けて怒張を丹念に舐めまわし、咥えると夢中になってしごくという行為を繰り返した。

夫を含めていままで関係があったわずかな男たちにも、そんな猥りがわしいフェラチオをしたことはなかった。その猥りがわしさに興奮を煽られて、ひとりでにせつなげな鼻声が洩れた。

「美味しそうにしゃぶるね。そんなに美味しいの？」

神崎が訊いてきた。妙な訊き方をされて芙美子は戸惑った。が、自分が見るからにそんな感じでフェラチオしているからだと思うと、恥ずかしさと同時にそれ以上に興奮をかきたてられて、うなずいた。

「じゃあもう、それが下の口でもほしくてたまらなくなってきてんじゃないの？」

「アアッ、そう、もうしてッ」

唾液にまみれて濡れ光っている怒張を凝視したまま、芙美子はうわずった声でいった。

神崎が押し倒してきた。

「だったらいってみろ。俺のビンビンのチ×ポでオ××コをズコズコしてって」

怒張でクレバスをこすりたてながら、あからさまなことを命じる。

芙美子はたまらず、腰をうねらせながらいった。

「アアンだめェ〜。ウウン早くゥ〜。神崎くんのビンビンのチ×ポで、オ××コ、ズコズコしてッ」

息も絶え絶えにいうと、ズルーッと肉棒が押し入ってきた。一気に奥まで貫かれて芙美子は全身を突き抜ける快感に襲われ、あっけなく達した。

「オオッ、芙美子の潮吹きのオ××コ、すごい名器じゃないか。ヒクヒク締めつけて、ペニスを咥え込んでるよ」

神崎がうわずった声でいいながら肉棒を抜き挿しする。よがり泣きながら芙美子もそれに合わせて腰をうねらせた。

――神崎が起き上がる気配を感じて、芙美子はまどろみから醒めた。神崎は裸のままベッドから出て冷蔵庫のそばにいき、飲み物を取り出していた。

芙美子も全裸だった。若い神崎の勢いのあるスペルマを受け止めて、なんどめかの絶頂に達したときのままの状態で、陸に打ち上げられた魚のようにぐったりとしてベッドに横たわっていた。

神崎はいろいろな体位を取らせて芙美子を翻弄した。正常位から騎乗位、さらにはそのまま芙美子を半回転させて起き上がって後背位、ついで側位、そして最後に正常位にもどってようやく射精したのだった。

その間に芙美子はなんども絶頂に追いやられた。一年あまりセックスレスに耐えてきた芙美子にとって、それはまさに快感の嵐だった。

嵐が過ぎ去ったいまもその余韻に酔いながら、芙美子は神崎にいわれたことを思い返していた。それも訝しく思いながら。

「おッ、いつのまにか雨が上がってる」

窓辺に立ってカーテンの隙間から外を見た神崎がいった。

「なに考えてるの？」

ベッドにもどってきて芙美子の顔を覗き込んで訊く神崎に、芙美子は訊き返した。

「神崎くん、わたしのこと、欲求不満だっていってたでしょ。どうして？」

「だって、ホントにそうだったんだろ？」

神崎は笑って乳房の輪郭(りんかく)を指先でなぞる。

「だから、どうしてそんなことわかったの？」

まだ嵐の余韻を留めている芙美子の軀はヒクつき、声がうわずった。

「そのわけは聞かないほうがいいと思うんだけど、主任が——ていうか、もう芙美子でいいよね」

「勝手にすれば……」

笑いかけながら訊かれて、芙美子は投げやりに答えた。

「芙美子がこれからも俺と付き合うって約束してくれれば、わけを話してもいいよ。どう、約束してくれる？」

「それは……」

芙美子は口ごもった。

「これからも俺と付き合ってくれれば、もっと刺戟的なことをして、芙美子をマゾにめざめさせてやるよ」

「よして……」

胸から下腹部にかけて軀をなぞっていく神崎の指に、芙美子は身悶えていった。

「いやなら、わけはいえない。それより、聞かないほうが芙美子のためにはいいかもよ」

「ずるいわ、そんな言い方。いいわ、約束するからいって」

「そうこなくっちゃ！」

神崎は表情を輝かせていった。

「じつは、思いがけない偶然が重なった結果なんだけどさ。俺が前に付き合ってた彼女、芙美子のダンナと同じ銀行に勤めてんだけど、一カ月ほど前にたまたま出会って、意外なこと聞いちゃったんだ。もともと彼女、マゾッ気よりサドッ気のほうがありそうなタイプなんだけど、俺と別れたあと、芙美子のダンナと付き合ってたんだ。それがさ、彼女がいうには、芙美子のダンナ、マゾなんだって。で、女房とはもう一年以上セックスレスなんだって話を彼女にしたらしいんだ。それ聞いて俺、驚いたよ。でも、だったら芙美子は欲求不満にちがいない、ならチャンスはあるんじゃないかって期待してたんだ。芙美子のこと、前から好きだったから。それにしても今日のにわか雨だって偶然だし、こんな形で夢が叶うなんて思わなかったよ」

夫の秘密を聞かされても、芙美子は自分でも意外なほどショックは受けなかった。自分も神崎とこんなことになってしまったからかもしれなかった。

それよりもさきほど神崎がいった、もっと刺戟的なことをしてマゾにめざめさせてやるという言葉が頭をよぎって、またぞろ軀がうずき、神崎の股間に顔を埋めていった。それもいまはっきりと、自分の欲望に忠実になって淫らになることに堕ちていく歓びとめくるめくような興奮をおぼえながら。

淫熱

1

暑いを通り越して熱い。焼けつくような陽射しと舗道から湧き上がってくる熱気で、日傘をさしていてもじとっと体中が汗ばんでくる。

これからプールに入れる息子の一樹（かずき）をうらやましく思いながら、茜（あかね）は腕時計を見、そして車道の右側に眼をやった。

スイミングスクールの送迎バスがやってくるのが見えた。巡回時刻の午後一時を五分ほどすぎていた。

路面から立ち昇っている陽炎（かげろう）のせいで、送迎バスのカラフルな車体がゆらゆら揺らいで見える。

バスが停まり、一樹が元気よく乗り込む。発車するのを見送って、茜は自宅に引き返す。

途中、ふと思った。――夏場だけでも、わたしもプールにいこうかな。でも、そうなると水着を用意しなきゃ。水着なんてしばらく着てないけど、いつから着てないのかしら。少なくとも結婚してからは一度もないから、もう十年にはなるはずだわ。

自分の水着姿を想像してみた。三十五歳、それに小学一年生の子持ちにしてはまだましなほうだろうと、プロポーションには多少自信を持っていたが、いざ水着姿を人目にさらすとなると不安になった。

それでいて、胸がときめいていた。正体のよくわからない、久しくなかった新鮮なときめきだった。

ふっと、茜は苦笑いした。スイミングクラブや水着の話をしたときの夫の反応が眼に浮かんだからだ。

やめときなよ、オバサンの水着姿なんて人に見せるもんじゃないんだから。

そういって一笑に付すに決まっている。

結婚して今年でちょうど十年。六歳年上の夫との生活は、いままでのところとりたてて波風が立つこともなかったことを思えば、平穏無事だったといっていいのかもしれない。

夫の仕事も順調にいっている。親から引き継いだ造園業がガーデニング・ブームに乗ったこともあるが、夫の造った庭がコンテストに入賞して、庭師として名前が少しは知られることになったのも大きかった。

ただ、仕事が忙しくなるにつれて、夫が変わってきたのを茜は感じていた。それも、茜に対して無関心になってきているのを。

どう無関心なのかを具体的にいうのはむずかしい。というのも茜がそう感じるのは、夫が口にする言葉の微妙なニュアンスや、ちょっとした視線の動きなどであったりするからだ。

はじめは浮気を疑ってみた。けれども女の直感や、茜自身の感性に引っかかってくるものはなにもなかった。

そのうち、こういうのが倦怠期というのかもしれない、と思うようになった。夫とのセックスの回数が減ってきていたのも、理由の一つだった。

夫は四十一歳。同じ歳の世間の夫たちが妻と月に平均何回セックスしているのか、茜は知らない。だけど、よくて〝月一〟の夫の場合は、どう考えても少なすぎるとしか思えない。

正直いって、茜は不満だった。せめて十日に一回、できれば週一ぐらいはあってほしいと思っていた。

もっとも、茜の不満は回数のことだけではなかった。回数が少なくなるにつれて、夫の行為に明らかな手抜きが見られるようになってきたことも不満だった。それまでの夫は、前戯でも必ず茜を絶頂に導き、それからインサートしていた。そうされるのが茜も好きだった。

前戯でイクと、ペニスを挿入してほしくてたまらなくなる。そのぶん挿入されるときはもちろんのこと、行為中も快感が強く、深くなるからだった。

ところがセックスの頻度が少なくなってからの夫ときたら、前戯もそこそこにすぐにインサートし、早々と行為を終えてしまう。それは自分の欲望を満たすためだけのような、そしてそれで義務は果たしているといわんばかりの行為だった。

そういうことから生まれた夫に対する不満と一緒に、茜は不安も抱えていた。これが倦怠期という一過性のことではなくて、夫がわたしの体に飽きてきたせいだとしたら……という不安だった。

スイミングクラブのことがきっかけになって、夫とのセックスのことを考えながら家にもどってきた茜は、洋介のところから食器を引き上げておこうと思い、自宅の反対側にあるプレハブの建物に向かった。

二百坪あまりある敷地に、庭を挟んで片方に自宅、反対側に平屋と二階建てのプレハブが二棟建っている。平屋は夫の事務所。二階建てのほうは一階が道具や資材置き場で、二階にはアパートふうの部屋が二つある。

ある時期から、手に職をつけたい、庭師になりたいという若者が、夫に弟子入りを求めてやってくることがそれまでより増えてきた。夫はそういう若者を面接して、見込みがありそうなら面倒を見ている。

二つの部屋は、彼らがそうしたいといえば無料で住まわせてやるためのもので、いまそこには去年農芸高校を卒業した水沢洋介と、今年四年制の大学の経済学部を出てやってきた工藤秀夫が入っている。

夫はいま、大きな庭園を手がけていて、今日も朝からベテランの職人二人と工藤を連れて現場にいっていた。

昨日までは洋介もその現場にいっていたのだが、今日は休んでいる。夏風邪を引いたらしく、今朝になって熱っぽくて軀がだるいというので、夫がそうさせたのだった。

今朝洋介は、食事のことを心配した茜に、朝はパンと牛乳ですませたし、昼はカップメンがあって、夜はコンビニの弁当を工藤に買ってきてもらうから大丈夫だといったが、茜は放ってはおけなかった。風邪を治すには栄養を摂ってよく眠ることが大切だといって、昼食に具だくさんのうどんを作って持っていってやった。

茜は日傘を畳み、鉄製の外階段を上がっていった。このあたりは住宅街だが、ここは雑木林の丘を背にしているのと庭木のある家が多いため、蝉の鳴き声がやかましいほどだ。

階段を上がると外廊下があり、手前が工藤、奥が洋介の部屋になっている。二つの部屋の間には、共用のミニ・キッチンとバス・トイレがある。

洋介の部屋の前に立った茜は、ドアをノックしかけてやめた。すぐ横の窓が開いていて、洋介が眠っているのが見えたからだ。

起こさずに、できれば食器だけ持ち帰ろうと思い、日傘をドアの横にたてかけると、そっとドアノブを回して引いた。

鍵はかかっていなかった。音を殺して部屋に入ると、両側の窓が開いていても無風状態のせいか、むっと汗くさい男の臭いが鼻をついた。

洋介はランニングシャツとカラフルな、というよりも派手な色のトランクスという恰好で、茜のほうに足を向けて布団の上に横向きに寝ていた。

汗くさい男の臭いとその恰好に、茜はどぎまぎさせられた。

うどんが入っていた丼とトレーは、小さな座卓の上にあった。茜はサンダルを脱いで部屋に上がった。そのとき洋介が寝返りを打った。

仰向けになった洋介を見て、茜はドキッとした。ついでカッと体が熱くなった。

トランクスの前が露骨に突き上がっているのだ。

（いやだわ、ヘンなもの見せないでよ）

茜は胸のなかでつぶやき、激しい動揺を笑ってごまかそうとした。が、顔が引き攣って笑えない。そればかりか、トランクスの前から眼が離せない。

トランクスを突き上げているモノが、生々しく脳裏に浮かび上がった。ひとりでに膣が熱くざわめいてヒクつき、躯がふるえて喘ぎそうになった。

気がつくと、茜は洋介のそばにひざまずいていた。

澱んだような熱気のなか、洋介は眠りこけている。いまどきの若者にしてはめずらしい素朴な男らしさを感じさせる顔が汗で光り、さらに首筋からランニングシャツの胸のあたりまで濡れている。

茜は怖いものを見るようにゆっくり、トランクスの前に眼をやった。

息苦しい。胸の鼓動が激しく高鳴っているせいだけではなく、露骨に突き上がっているトランクスの前を見ていると、息がつまりそうになった。

口を開けていなければ息ができない茜も、全身に汗が滲み出してきていた。

2

茜は突き上がっているトランクスを見つめたまま、やかましいほど鳴いている蟬の声を聞いていた。

ジャン、ジャン、ジャン、ジャン……。

その声がしだいに大きく耳に響き、波のようにうねって押し寄せてくる。耳から胸のなかに入ってきて、逡巡(しゅんじゅん)を衝動に変える。

茜は、両手を恐る恐るトランクスに伸ばした。

思考は停止していた。ただ、茜の情動をけしかけるような蟬の声だけが耳に響いていた。

トランクスのウエストのゴムの部分に指をかけると、そっと持ち上げた。トランクスを下げるには、少し持ち上げたぐらいでは無理だった。

恐ろしいほどの緊張感で、吐き気がした。それでも洋介の顔と自分の手元を交互に見ながら、茜はさらに、慎重にトランクスを持ち上げて、ゆっくり下げていった。

露出したペニスを眼にした瞬間、息を呑むと同時に軀がふるえた。

それはいきり勃って、腹部のほうに傾いている。

風邪の熱と薬のせいか、トランクスを下げられても洋介は眠ったままだ。

茜はペニスを凝視した。十九歳の洋介にセックスの経験があるのかないのか、それは知らないが、ペニスのサイズは夫と比較しても遜色ない。

不意に気持ちが揺らいだ。夫のペニスを想い浮かべたのにつづいて夫の顔が頭をよぎったからで、ここに至って初めて罪悪感に襲われた。

だがそれも一瞬だった。茜の眼は、まさに魅入られたように、いきり勃っているペニスに釘付けになっていた。眼が離せないのだ。

精力がもっとも勢い盛んな年頃のそれは、サイズは夫のものと遜色ないけれど、勃起している状態が夫の比ではない。力感がみなぎって、まるで鋼鉄のようだ。

それに眼を奪われているうちに、茜の息は荒くなっていた。自分でも興奮のあまり顔が強張っているのがわかった。

それだけではない。膣が繰り返しヒクついて、そのたびにせつないようなうずきが生まれていた。

(ああ、もうだめ!)

たまりかねてワンピースの上から手で股間を押さえ、太腿を締めつけた。もう我慢できなかった。茜は立ち上がった。その瞬間、なぜか焼けつくような陽射しが脳裏をよぎって、めまいに襲われた。

背中のファスナーを下ろし、ワンピースを脱ぎ落とした。眠っている洋介の顔といきり勃っているペニスを見下ろしながら、ベージュのブラを外し、ついでブラとペアのショーツを脱いだ。

激しい胸の高鳴りで息がつまりそうだった。極度の興奮と緊張のせいだった。

茜は洋介の腰をまたいだ。中腰の体勢を取った。自分のしていることがたまらなく淫らに思えて、頭のなかが熱くなった。

その思いが茜をためらわせることはなかった。反対に興奮を煽って、けしかけた。

そっと、ペニスを手にした。驚くほど硬い怒張の感触に、膣がざわめいてジュクッと音がした。もうそれほど濡れていた。

亀頭をクレバスに宛がった。性器が触れ合ったそのとき、夫の顔が脳裏をよぎった。

だが、それだけだった。欲望に取り憑かれた茜は、もはやこの先のめくるめく官能の世界しか見ていなかった。

亀頭を膣口に合わせ、息をつめて、ゆっくり腰を落としていく。

ヌル～ッと肉棒が滑り込んで突き上げてくる。硬直のしたたかな感覚と一緒に甘美なうずきがひろがる。

『アーッ、いいッ！』

茜は必死に声を殺し、胸のなかでいった。

『ウーン、いいーッ、イクーッ！』

腰を落としきると同時に子宮から背筋を突き抜けていく快感とめまいに襲われてのけぞり、それだけで達した。

茜は眼を開けた。ギョッとした。洋介が見上げていたのだ。彼も仰天したような表情をしていた。

「洋ちゃん、なにもいわないでッ。このままにしててッ」

驚きのあまり口もきけないようすの洋介に、茜は息を弾ませていうと、洋介の両手を取って乳房に導き、その両腕につかまってクイクイ腰を振った。

「アアン、いいッ。アアッ、当たってるッ！」

亀頭で子宮の入口の突起がグリグリこすられて、しびれるような快感がわきあがる。

「洋ちゃんはどう？　気持ちいい？」

「ええ。あ、でも俺、もうあまり我慢できないかもしんない」

洋介は怯えたような表情でいいながらも両手で茜の乳房を揉みたてている。

「いいのよ、我慢できなくなったらいつでもそういって出して。わたしも洋ちゃんに合わせてイッちゃうから」

ひょっとして童貞かもしれないと思いながら、茜は息せききっていって、腰をしゃくるようにして振りたてる。

茜自身、いやらしいと思った腰つきが洋介の我慢を奪ったらしく、彼が苦しげな表情を浮かべた。

「だめッ、出るッ！」

切迫した声を発して腰を突き上げたかと思うと、呻き声を洩らしながら射精する。

ビュッ、ビュッッと勢いよく発射される若い男のエキスに子宮を叩かれて、茜も絶頂に昇りつめていった。

「驚いた？」

茜は訊いた。隣に並んで茜と同じように仰向けに寝ている洋介が、強くうなずくのがわかった。行為が終わったばかりで、ふたりともまだ息が弾んでいた。

「わたしのこと、淫乱な女だって軽蔑してるんでしょ？」

「そんな、そんなことないっすよ」

自嘲する口調で訊いた茜に、洋介があわてたようすでいった。

「だけど、どうしてなんですか？　奥さんが俺なんかと……」

「そうよね、わたしと洋ちゃんの関係や立場を考えたら、絶対にこんなことしちゃいけない。そんなこと、わかってる。それなのにわたし、どうかしてたのよ。洋ちゃんのトランクスの前が持ち上がってるの見て、ヘンな気持ちになっちゃうなんて」

「へえ、そうだったんだ」

「ね、淫乱な女でしょ？　わたしのこと軽蔑して、今日のことは忘れてちょうだい。そのかわり、わたしでよければ、今日だけは洋ちゃんの好きにして。といっても洋ちゃんの風邪の具合しだいだけど」

茜は起き上がって洋介に笑いかけた。

「汗かいたからかな、風邪治ったみたい」

笑い返して洋介も起き上がった。

「でも冷えてまた悪くなるといけないから、洋ちゃん先に汗を流してきて。あとでわたしもシャワー使うから」

茜がまだエレクトしたままのペニスを触っていうと、洋介はうれしそうにうなずいて立ち上がった。

洋介が浴室にいってひとりになった茜は、なぜ洋介に今日だけは好きにしていいなどといったのか、戸惑いながら自問した。

それはたぶん、このうだるような暑さと激しい蟬時雨のせいだろうと思った。ここにいると、白昼夢のなかにいるような錯覚に襲われて、淫らな夢を見つづけられるからだと――。

3

茜が使っているシャワーの音を聞きながら、洋介は頰をツネッてみた。「イテッ」といって笑った。

布団の脇に茜が脱いだ花柄のワンピースと下着があった。小さくまるまったベージュのショーツを手に取り、ひろげてみた。

性器が触れる股の部分に、唇状の濡れたシミがあった。

茜は、洋介のトランクスの前が持ち上がっているのを見てヘンな気持ちになった、といっていた。

それを見ている間にショーツにシミがつくほど濡れていたらしい。

それにしても、と洋介は訝った。夫がいるのにどうしてなんだろう？　先生とやってなくて、欲求不満なんだろうか。

そう思ったとき先生の顔が浮かんできて、洋介は怯(ひる)んだ。このことが先生にバレたら、奥さんだけじゃなく、俺だってただじゃすまない。

夢見心地に水をさされたような気分になっていると、茜がもどってきた。タオルで軀の前を隠している。

「どうかしたの？」

洋介を見て訊く。

「いえ、なんでも……」

「でも、浮かない顔をしてたわ。体の調子、よくないいんじゃない？　それともわたしみたいなオバサンの相手するの、いやだから？」

最後は笑って小首を傾げて訊いた茜に、先生にバレたときのことを考えたら怖くなったとはいえず、

「奥さんて、オバサンじゃないっすよ。俺、前から好きだったんです」

洋介は本音を洩らして立ち上がるなり茜を後ろから抱きしめ、タオルを取り払った。

「じゃあ、よけいにわたしのこと、いやになったでしょ？」

洋介の腕のなかで身悶える茜の声はうわずっている。ふたりとも全裸のため、むちっとした尻に早くも勃起しているペニスがじかに突き当たっているのだ。

「逆ですよ。ますます好きになっちゃった。だって奥さん美人だし、軀だってこんなに色っぽい、いい軀してんだもん」

「ああ洋ちゃん、あなた、いままでに女の経験は……？」

両手で形よく盛り上がった乳房を揉みながら、唇を滑らかな首筋に這わせている洋介に、茜はのけぞって身悶えながら、ちょっと驚いたように訊く。

「そんなにはないけど、ていうか、俺ってモテるタイプじゃないから、シロウトの女のコとエッチしたことはないんだ。みんな風俗のコばっかり。シロウトは奥さんが初めてだから、俺うれしくって……ね、このいい軀、よく見せてよ」

いままでは茜に対して丁寧な言葉を使っていた洋介だが、軀の関係ができたことで馴れ馴れしい口調になって、茜を向き直らせた。

「見られるなんて、いやだわ」

茜は恥ずかしそうにうつむいた。だが声は弾んでいる感じだった。そう思って見ると、それほどいやでもなさそうな表情をしている。

「じゃあまず、こうやってじっとしてて」

洋介は茜の両腕を持ち上げて頭の後ろで組ませた。

「そんなァ、こんなのだめよォ」

「奥さん、俺の好きにしていいっていったじゃん。芸術的なポーズ、決まってるよ」

口ではいやがっても、茜はいわれたとおりにして立っている。洋介はゆっくりと茜の周りを見てまわった。

プロポーションがいいのは、ふだん洋服の上から見てもわかっていた。それに三十代半ばの熟女だから、きっと色っぽい軀をしてるだろうと想っていた。

ところが茜の裸は、そんな洋介の想像をはるかに超えていた。見た目も感触もまさにこれが女の肌だという感じのきれいで滑らかな質感といい、ゾクゾクするほど悩ましく熟れた軀つきといい、全身から濃厚な色気がムンムン漂っているのだ。

とくにウエストのくびれから豊かにひろがるヒップラインの、いやらしいほどの色っぽさといったらない。

そんな茜の裸を見てまわって前に立った洋介は、まず乳房に眼を奪われた。両腕を後頭部で組んでいるために、もともと形のいい乳房が持ち上がってさらにきれいな線を描いているのだ。

ついで洋介の視線は下腹部に這った。茜が片方の太腿をよじって隠しているため、残念ながらヘアは見えない。それでも洋介は興奮と欲情をかきたてられて、ペニスがいきり勃ってきていた。

「俺、熟女の裸見るの初めてだけど、奥さんの軀、メチャメチャ色っぽいね。見てるだけでたまんなくなっちゃったよ」

「そんな、恥ずかしいわ。もう見ないで」

茜がうわずった声でいって後頭部で組んでいる腕を下ろした。洋介の股間から茜を睨み上げているようなペニスを見て、「すごい！」とつぶやき、みるみる欲情したような表情になってきたかと思うと、洋介の前にひざまずいた。

息苦しいのか、茜は怒張を凝視して口で息をしている。両手をそっと怒張にからめると、思わずドキッとするほど色っぽい眼つきで洋介を見上げた。そして、すぐまた怒張に視線をもどすと眼をつむり、舌を覗かせて亀頭にねっとりとからめてきた。

茜にフェラチオをしてもらっているのだと思うと、洋介は舞い上がってしまった。すでにセックスをしているのに、フェラチオはそれとは別だというような意識があった。

亀頭を舌でくすぐられる快感に耐えながら見下ろしていると、茜が舌をじゃれつかせるようにしてペニス全体をなぞりはじめた。美味しそうにしゃぶる感じで、繰り返しそうしながら、手を袋の部分に這わせてきて、くすぐるように撫でまわす。

（へえ、奥さんもそんなことするんだ⁉）

袋の部分への愛撫は、風俗嬢のサービスを経験している洋介にとってはべつに驚くテクニックではないが、茜がそんなことをするのはちょっと意外だった。

そのことで興奮を煽られ、舌と手で攻められるペニスをヒクつかせながら、洋介は思った。音をたててしゃぶったり、アヌスも舐めたりしてほしいっていってみようか。

だが、さすがに茜に対してはまだ遠慮があって、それはできなかった。

茜がペニスを咥えてしごきはじめた。舐めまわしているうちにますます昂ってきたらしく、興奮に酔っているような表情の顔を振る。

茜は両手で洋介の腰につかまっている。洋介は茜の両手をつかんだ。茜が握り返してきた。顔を振りながら、せつなげな鼻声を洩らす。

「美味しい？」

洋介が訊くと、茜が眼を開けて見上げた。そんな訊き方をされたのは初めてなのか、戸惑ったような表情を見せたが、再び眼をつむると『美味しい』というようにうなずき、また顔を振ってしごく。

洋介は快感をこらえるのがきつくなってきた。握り合っている両手を解き、茜の両肩を押しやった。ペニスが口から出て跳ね、茜が喘いだ。

「こんどは俺が奥さんを舐めてあげるから、布団に寝て」

洋介がいうと、茜もそうしてほしかったのか、パッと表情を輝かせた。

4

布団の上に仰向けに寝た茜は、片方の腕を眼のあたりに乗せて一方の手を胸の上に置き、太腿をよじって下腹部を隠している。

洋介は黙って茜の両脚を開いた。茜は小さく喘いだだけで、されるままになった。

開いた両脚の間に腰を入れた洋介の前に、初めて見る茜の秘苑があからさまになっている。

ヘアはどちらかといえば濃いほうだろう。逆三角形の形にまとまっているが、セミロングの頭髪と同じように黒々として、縮れが強く、性器の周りにも口髭のように生えている。

肉びらはちょっとくすんだ赤褐色で、薄い唇を想わせる。

性器を縁取る（ふちどる）ように生えているヘアのせいで、全体の感じがひどくいやらしく見える。

そのいやらしさに欲情を煽られながら洋介が秘苑に見入っていると、茜が腰をうねらせた。

「アアン、だめ。洋ちゃん、舐めてくれるんでしょ」

焦れったそうにいう。両腕を胸の上で組んで顔をそむけ、それを期待して胸をときめかせているような表情を浮かべている。

洋介は茜の股間に屈み込むと、両手で肉びらを分けた。ヌチャ、という感じで肉びらが開き、ジトッと濡れたピンク色のクレバスがあらわになった。

膣の口が喘ぐように収縮して、ジワッと透明な蜜を吐き出す。その上に肉芽が露出している。それを舌ですくい上げた。

「アッ——!」

鋭く感じた声を発して、弾かれたように茜がのけぞった。

洋介が肉芽を舌でこねると、すぐに泣くような喘ぎ声がたちはじめた。

クンニリングスのテクニックには、洋介はいささか自信を持っていた。風俗嬢を相手にしていても、そのうち恋人ができたときのために女をイカせるテクニックだけは磨いておこうと努力してきたからだ。

「アアン、洋ちゃン、いいわァ、すごく上手……アアいいッ、アアそこッ、そこいいッ。もっと舐めてッ」

快感に酔いしれながら洋介のテクニックを褒めていた茜が、舌がツボをとらえたらしく、切迫した声で求める。

ビンビンに膨れ上がっている肉芽を、洋介は舌で激しく弾いた。

「アアだめッ、アアン、イクッ！」

呻くような声を放って、茜が大きく反り返ったかと思うと、「イクーッ、イクーッ」とよがり泣きながら軀をわななかせる。

洋介は上体を起こした。

茜は放心したような表情で荒い息をしている。洋介に見られているのに気づくと、ぎこちなく笑った。

「洋ちゃんのクンニ、すごくよかったわ」

うれしそうにいって、きて、と両手を洋介に向けて差し出す。

ペニスはクンニリングスをしている間も勃ちっ放しで、茜がイッたときからビンビンになっていた。

洋介はそれを手にすると、亀頭で肉びらの間をまさぐった。ヌルヌルした感触と一緒に、クチュクチュと生々しい音が響く。

「だめッ。きてッ。もうしてッ」

茜がたまらなそうにいって腰を振りたてる。洋介は亀頭で肉芽をこすりながら訊いた。

「入れてほしい？」

「入れてッ。アアンそれだめッ」

茜は泣き顔で焦れったそうに悶える。女を焦らすことも、洋介はもう覚えていた。

「じゃあ奥さんが、俺のチ××を、オ××コに入れてっていったら、入れてあげるよ」

「そんな！　洋ちゃん、あなた……」

笑ってあからさまなことをいった洋介に、茜は啞然とし、いいかけたが後がつづかない。それより、なおも洋介に亀頭で膣口をこねられて焦れ狂いながら、

「アア〜ン、洋ちゃんの……」

と、洋介がいいつけたとおりのことをいう。

それを聞いて、怒張がヒクついた。いった茜も興奮しきっているような表情を

している。

洋介は茜のなかに押し入った。熱いぬかるみに怒張が滑り込むと、茜が悩ましい表情を浮きたててのけぞり、「イクッ」と呻くようにいった。

「え⁉　入れただけでイッたの？」

洋介は驚いて訊いた。

「ああん、だって洋ちゃんが焦らして、ヘンなこといわせるからよ」

茜は洋介をゾクゾクさせるような艶かしい表情でいうと、腰をうねらせて催促(さいそく)する。そのいやらしい腰つきに煽られて、洋介は腰を使った。

「じゃあ焦らされたり、ヘンなこといわされたりしたの、いやじゃなかったんだ？」

「そう。洋ちゃんがあんなことをするなんて驚いたけど、興奮したわ」

茜がペニスの動きに合わせて腰をうねらせながら、息を弾ませていう。

「ね、見たいわ、見せて」

そういうと、茜は上体を起こした。

一瞬どういう意味かわからず、戸惑った洋介だが、茜が両手を後ろにつくのを見て、すぐにわかった。

茜はふたりの交接部分を見たがっているのだ。すぐに洋介も茜と同じ体勢を取った。

ふたりの股間があからさまになった。女蜜にまみれた肉棒が、これまた蜜を塗ったような肉びらの間にズッポリと入っている。

「アアッ、いやらしい！　ああん、恥ずかしいわ」

股間に見入ったまま、茜がたまらなそうにいう。いやらしさも恥ずかしさも、どっちもいいのだ。興奮が貼りついたような顔にそれが出ている。

「奥さんて、こういういやらしいとこ見るの、好きなんだ？」

そういう洋介自身興奮して、肉棒をわざとゆっくり抜き挿しして茜に見せつけた。

「好きよ、好きッ！　アアッ、だって、ゾクゾクして、気持ちいいんだもん」

昂った声でいいながら、茜もペニスの動きに合わせて腰を使う。

悩ましく熟れた腰がいやらしくうねり、肉びらの間に突き入っているペニスが緩やかにピストン運動を繰り返す。

たがいにある程度自由に腰を使うことができるため、ペニスと膣がこすれ合う部位が微妙に変化して、ほかの体位でするよりもいろいろな快感を味わうことができる。

茜は亀頭で膣の上側をこすられるのがいいらしい。その快感を味わおうとするような腰の動きをしている。

洋介もその感じはわるくない。茜の膣の上側には、ぬかるんでいてもかすかにザラついた感触があって、亀頭をくすぐりたてられる快感がある。

腰の動きは茜に任せて、洋介は肉棒が出入りしている上方に膨れあがって露出している肉芽を指にとらえてこねた。

「アアンッ、それだめ」

茜がうろたえたようにいって腰の動きを止めた。だめだといいながら、そのまじっとして、されるがままになっている。

洋介は驚いた。膣がジワッとペニスを締めつけて咥え込んでいくのだ。それも繰り返し。

茜は妖しい表情になって息を弾ませている。

そのとき、膣がピクピク痙攣しはじめ、茜が洋介にしがみついてきた。

「アアーッ、いい〜！」

感じ入った声を放ったかと思うと、夢中になって腰を律動させる。

洋介は茜を抱いたまま倒れ込み、激しく突きたてていった。もう二度目の射精を我慢できなくなっていた。

「このままイッていい？」

「イッてッ。わたしもイクから、一緒にイッてッ」

茜が息せききっていう。洋介は我慢を解き放って茜を抉った。

5

今日も昨日と同じような真夏日だった。

だが茜にとって、今日は昨日までとはすべてがちがっていた。焼けつくような陽射しも、耳をつんざくような蟬時雨も……。

茜はキッチンの窓から庭越しにプレハブ二階建てにある洋介の部屋を見ていた。

洋介は今日も仕事を休んでいた。今朝夫に風邪の具合を訊かれて、だいぶよくなったといっていたのだが、そして、茜は洋介が仕事にいってくれることを願っていたのだが、皮肉にも休ませたのは夫だった。

夫は洋介の庭師としての素質を買っていて、これまでも仕事以外では洋介に甘い。今朝も洋介がそういうのを聞いて、でも大事を取ってもう一日休めといったのだ。

そのあとで茜は夫とふたりだけになったとき、それまでそんなことをいうつもりはなかったのだが、スイミングクラブに通おうかと思ってるんだけど……と、相談を持ちかけてみた。すると夫の反応は、ふーん、いいんじゃないか、という気のないものだった。

「でもそうなったら、まず水着を用意しなきゃ。わたし着れるかしら」

茜は食い下がった。が、夫の返事はなかった。いま抱えている庭園の設計図に見入ったまま、茜の話など聞いていなかったのだ。

そのとき茜は夫の背中に向かって、もうどうなったって知らないからと、胸のなかで自暴自棄な言葉を投げつけた。

「ごちそうさまァ」

一樹があげた声で茜は我に返り、振り向いた。一樹は昼食のチャーハンをきれいに食べていた。今日は一樹のスイミングスクールも休みの日だった。

「ママ、ゲームしていい?」

「いいわよ。でもちゃんと時間は守ってね」

「わかった」

一樹は駆け出していった。自分の部屋に入ってパソコンゲームをはじめると、決められた一時間は出てこない。

茜は食卓の上に置いてあるラップのかかったチャーハンを見ていた。洋介の昼食に用意してやったものだった。

茜は逡巡していた。しだいに息苦しいほど胸が高鳴ってきていた。

洋介の部屋にいけば、求められるに決まっている。昨日あったことを忘れさせるためには、絶対に応じてはいけない。応じたら、関係をつづけていくことを認めたことになる。

でも、食事だけはさせてやりたい。一樹がいるからっていえば、洋介だってあきらめるはず……。

迷った末に食事だけ置いてきてやろうと思い、チャーハンを手にして洋介の部屋に向かった。

照りつける陽射しと耳をつんざくような蟬時雨のなかを洋介の部屋の前までいったとき、茜は立っているのがつらいほどの息苦しさに襲われていた。

「洋ちゃん……」

ドアの横の窓からかけた声がかすれた。

そのとき、いきなりドアが開いて洋介が現れたので茜はドキッとした。

「きてくれてるの、見てたんだ。さ、入って」

「だめッ。昨日もいったでしょ、みんな忘れてちょうだいって。洋ちゃんのためでもあるのよ。ね、わかって」

抱えて部屋に入れようとする洋介の腕を払って、茜はいった。

「じゃ、食事を置いてくわ。食べて」

「うん。でもちょっと入って」

洋介はチャーハンを受け取って、また茜を部屋に入れようとする。揉み合いになった。

「だめよッ、今日は一樹がいるの」

「カズくんならゲームに夢中になってるじゃない。大丈夫だよ」

「エッ⁉」

「だってほら、ちょうどここからカズくんの部屋見えるんだよ」

洋介のいうとおりだった。自宅の二階にある一樹の部屋の窓ガラス越しに、パソコンに向かっている一樹の後ろ姿がまともに見えるのだ。

「カズくん、あの調子なら、しばらくお母さんがいなくたって平気だよ」

そういって肩を抱いて部屋に入れる洋介を、茜はもう拒むことができなかった。

一樹を楯にすれば洋介の要求を拒否できるという計算が外れて、すっかり気が動転していた。

部屋に上がると洋介は茜を抱きしめ、キスしてきた。茜は顔を振って拒んだ。洋介とキスする気にはなれなかった。そのときはっきりわかった。洋介は肉欲の対象でしかなかったことが。

キスを拒まれたことで気を悪くしたのか、洋介が乱暴な手つきでスカートのなかをまさぐってきた。

茜は思った。もう洋介を押し止めることはできない。だったら、早く終わらせたほうがいい。

「わかったわ。自分で脱ぐから放して」

茜の冷めた口調に、洋介はちょっと驚いたような表情になった。が、すぐにニヤッと笑って茜を放した。

ノースリーブのブラウス、キュロットスカート、黒いシースルーのブラ、それにブラとペアのショーツという順に脱いでいく茜を、洋介は先に裸になって舐めるような眼つきで見ている。

茜が全裸になる前から、ペニスはいきり勃っていた。

洋介は後ろから茜を抱いた。勃起したペニスをヒップに突きたてられて両手で乳房を揉まれ、茜は否応なく艶かしい気分をかきたてられていく。洋介にもたれかかって手を後ろにまわし、強張りをまさぐった。

洋介の手が茜の下腹部に下りてヘアをかき上げ、指をクレバスに分け入れてくる。そこはもうジトッと濡れている。

茜は手にしている怒張を緩やかにしごきながら、そして、蟬時雨を耳にしながら早く終わらせたほうがいいという気持ちとは裏腹のことを思った。

今日は昨日よりも、もっと淫らにしたい。シックスナインで舐め合ったあと、バックから洋介に犯されるのもいいかも……。それよりスイミングクラブに通うことにすれば、それを利用して外で洋介と逢うことだってできる。

もうどうなってもしらないから……。

自称「三十四歳の人妻美也子」

1

小堺拓人は腕時計に眼をやった。

一時二十分をまわっていた。待ち合わせ時刻の午後一時をすぎてから何度も腕時計を確認していたが、さっき見てからまだ一、二分しか経っていなかった。

拓人がカフェにきたのは、一時十分前だった。

その前からカフェにいた女性客や、その後店にきた女性客で、自称「三十四歳の人妻美也子」の可能性がありそうな者はいなかった。

いや、一人だけ年格好が似ている女はいた。

その女は一時すぎに店に入ってきて、誰かと待ち合わせをしているらしく、店内を見まわした。

それを見て拓人は、彼女が自分の待っている相手ではないかと思い、胸が高鳴った。が、彼女がほかの席に座ったのを見て、そんなはずないよな、と苦笑いした。

　その女がなかなかの美人で、おまけに気品のようなものもあって、どう見ても〈出会い系サイト〉などとは無縁のタイプだったからだ。

　彼女もまだ待ち合わせの相手がこないらしい。拓人から少し離れた席に一人で座っている。

　拓人が待っているのは、〈出会い系サイト〉で知り合った、自称「三十四歳の人妻美也子」だ。

　彼女と交換したメールの内容も、直接電話で話した感触も、わるくなかった。だからこそ、デートの誘いに彼女も乗ってきたはずだった。

　デートの日時を決めるとき、彼女が日曜日の午後を希望したことから、拓人は想った。勤め人で、子供はいないらしいと。

　そのとき、彼女が拓人の外見の特徴を訊いてきた。

「顔は、自分ではそれほど似てるとは思わないんだけど、よく似てるっていわれるのが、お笑いタレントのウッチャンナンチャンの内村光良（うちむらてるよし）。で、髪は染めたりしてなくて、長さもフツー。あと、身長百七十五センチ、体重六十二キロ。大体そんなとこかな」

拓人はそう答えた。そして、拓人も彼女の外見の特徴を訊いた。

「わたしのことはいわないほうがいいと思うの。いったら、あなたが想像を膨らませちゃって、会ったときがっかりしちゃうから」

美也子は自分のことはいわなかった。

なぜいわなかったのか、拓人はわかっていた。彼女は待ち合わせ場所でこっそり拓人を見て、それで会うか会わないかを決めようと思っているにちがいなかった。

ところが約束した時刻をすぎても、待ち合わせ場所に美也子かもしれない女は現れないのだった。

(振られちゃったのかな)

拓人は胸のうちでつぶやいた。それとも彼女、メールではエッチなことを書くわりに電話で話してるときは変にマジメそうなことかあったから、いざとなったら腰が引けちゃったかな。ていうか、最初からマジに浮気する気なんかなくて、プロセスを愉しんでいただけなのかも……。

『夫とはもう一年以上前からセックスレスなの。そのおかげでわたし、欲求不満が爆発寸前。あなたのように若くて元気一杯の男性のアレを想像しただけで、わたしのアソコはいやらしくうずいちゃって、恥ずかしいくらい濡れてきちゃうの』

彼女からもらったメールのなかには、そんな過激なものもあった。

だから恥ずかしくなって、会えなくなったのかも……。

そんなことを思っていると、美人の女が席を立った。待ち人来らずであきらめたのか、レジにいって、カフェから出ていった。

それからほどなく、拓人も待つのをあきらめて席を立った。そのとき呼び出しがあった。

「お客様の秀人様、お電話がかかっております。レジまでお越しください」

秀人という名前は、拓人が〈出会い系サイト〉で使っている名前だった。

電話をかけてきたのは、美也子以外に考えられなかった。拓人はレジにいって電話に出た。

「はい、秀人ですけど」

「美也子です。ごめんなさい、お待たせしちゃって」

「いま、どこです?」

「お店の外。秀人さん、見えてるわ」

拓人はカフェの外を見やった。車道を隔てた向こう側の通りに女が立って、携帯電話を耳に当ててこっちを見ていた。

「さっきまでわたし、もっと秀人さんの近くにいたのよ」

彼女が笑いを含んだような声でいうと同時に「アッ！」と拓人は驚きの声を発した。

なんと、通りに立っているのは、さっきまでカフェにいた美人の彼女だったのだ。

「待ってて。すぐいく」

拓人は気負い込んでいって電話を切った。あわててレジで勘定を払うとカフェを飛び出した。

彼女は同じ場所に立っていた。拓人が車道を横切って駆けつけると、

「ごめんなさい。あなたが実際はどんな人か見てみたくて……」

緊張しているのか、硬い表情で申し訳なさそうにいった。

「で、ぼく、合格？」

拓人がおどけて訊くと、釣られたようにふっと笑みを浮かべてうなずいた。

「よかった」

合格したからこそこうして会えたわけで、拓人自身それがわかっていて訊いたのだが、嬉しさがそのまま言葉になって口を突いて出た。

「でも驚いたな、美也子さんがこんな美人だったなんて」

お世辞なんかいって、というように彼女はかるく拓人を睨んだ。

その色っぽい眼つきにドキドキさせられながら、拓人はいった。

「行き先はぼくに任せてもらえますか？」

え!? と彼女は訊き返す表情で拓人を見た。が、すぐに意味を察したらしく、恥ずかしそうにうつむいて小さくうなずいた。

じゃ、と拓人は彼女をうながして歩きだした。彼女は拓人に肩を並べてついてきた。

拓人は表通りから脇道に入った。その奥はラブホテル街になっている。

2

ふたりが入ったラブホテルの部屋は、シティホテルのツインルームよりも広く、ゆったりしていた。もっとも室内の設え（しつら）や雰囲気には、お世辞にも上品とはいえない、いかにも情事を愉しむ場所を感じさせるものがあった。

拓人は冷蔵庫から缶ビールを取り出しながら、部屋に入ってソファに腰を下ろしたものの、落ち着かないようすで室内を見まわしていた人妻を見やった。

彼女は目の前にある広いベッドを思い詰めたような表情で見ていた。ひどく緊張しているようだった。

きれいだ、と拓人はあらためて思った。

知的な感じのする整った顔立ち。ゆるやかにウェーブがかかったセミロングの髪。タイトなスーツをすっきりと着こなせる素晴らしいプロポーション。そして全身から漂っている、熟女ならではの艶かしさ……。

〈出会い系サイト〉でも、こんなにイイ女がいるのか、と拓人は興奮した。

それに、ツイてると思った。これまで〈出会い系サイト〉を利用してそれなりに女たちと遊んできたが、就職を間近に控え、勤めはじめたら当分は遊んでる暇なんてないだろうから、とりあえずこれを最後にしようと思っていたところ、いままでにない美人の人妻と出会ったのだ。

三日後、拓人は大手都市銀行に入行することになっていた。

「飲まない？」

人妻のそばにいって缶ビールを差し出した。彼女はふっと我に返ったように拓人を見上げた。

「ありがとう」

礼をいって缶ビールを受け取った。拓人は彼女の横に腰を下ろした。

「とりあえず、乾杯しよう」

ふたりはプルトップを開けて缶を合わせた。緊張して喉が渇いているのか、それともアルコールの力を必要としているのか、おそらくその両方だろう、彼女は一気にかなりの量のビールを飲んだ。飲み終わるのを待って、拓人は訊いた。

「こういうホテルにきたの、初めて?」

「ええ。機会がなくて……」

彼女は苦笑いしていった。

「ご主人と結婚する前も?」

「だってわたし、バージンで結婚したの」

「ヘエ、そうなんだ。何歳で?」

「笑わないで。二十七……」

彼女は恥ずかしそうにいった。

バージンで結婚につづいて、拓人は驚いた。

「美也子さんて、マジメだったんだ。ていうか、いまでもそういう感じだよね」

「いまはそんなことないわよ。こんなことしてるんですもの」

自嘲するようにいうと、彼女はビールを飲み干した。

それが彼女の抱いてほしいという合図のように思えて、拓人も残りのビールを飲み干すと、彼女を抱き寄せた。

ビクッとして彼女は軀を硬くした。いままで浮気なんてしたことがないといっていたが、それにしても三十四歳の人妻らしからぬ、まるで処女のような反応に、拓人は驚かされると同時に新鮮な興奮をかきたてられて、キスにいった。

彼女は逃れようとした。いやがってのことではなく、反射的にそうしただけだったようだ。拓人が強引に唇を奪うと、とたんに軀がフニャリとなった。

拓人は舌を入れた。すると、彼女のほうから舌をからめてきた。それもせつなげな鼻声を洩らしてねっとりと——。

濃厚なキスをつづけながら、拓人はタイトスカートのなかに手を入れた。滑らかなストッキングに包まれた太腿から内腿へと手を這わせ、むっと熱がこもっているような股間の膨らみをまさぐった。

うふん。鼻声を洩らして身をくねらせながら、美也子も拓人の股間をまさぐってきた。

拓人のズボンの前はとっくにテントを張っていた。人妻の手が、ズボン越しになかのモノを確かめるように撫でまわす。

先に彼女のほうが唇を離した。

「わたしの、好きにさせて」

息を弾ませて妙なことをいった。興奮が浮きたって、美貌が強張っている。

意味がわからず、拓人は訊いた。

「どういうこと？」

「あなたはじっとしててほしいの」

「わかった……」

なぜそんなことをいうのかわからなかったが、欲望に取り憑かれているような人妻の表情に気圧(けお)されて、拓人はそう応えた。

彼女はスーツの上着を脱ぐとソファから滑るように絨毯(じゅうたん)の上に降り、拓人の前ににじり寄ってきた。

妖しく潤んだような眼で、露骨に盛り上がっている拓人のズボンの前を見つめたままベルトを外し、ファスナーをゆっくり下ろしていく。

拓人はされるがままになって見ていた。

ズボンの前が開いて濃紺のブリーフが現れた。勃起しているペニスがブリーフを突き上げている。

それを凝視してズボンを下ろしていく人妻の息づかいが荒くなっている。拓人は腰を浮かせてズボンを下ろしやすくしてやった。

「ああッ……」

美也子がたまらなそうな声を洩らしてブリーフの上から強張りに手を這わせてきた。興奮に酔っているような表情で荒い息をしながら、強張りからその下の陰嚢(いんのう)を撫でまわす。

思いがけない展開に戸惑っていた拓人だが、そんな彼女を見てようやく、なぜ「好きにさせて」とか「じっとしててほしい」といったのか、わかった。

夫と一年以上もセックスレスの状態にあって、爆発寸前の欲求不満を抱えているといっていた彼女は、久々に目にする勃起したペニスを、そうやって自分の好きなようにしてみたかったのだ。

逆にいえば、三十四歳の熟(う)れた女体が抱えている爆発寸前の欲求不満は、二十七歳で結婚するまでバージンでいるような身持ちの堅い彼女をそういう行為にかりたてるほど、たまらないものだということだろう。

それにしても、美人の人妻がまるで発情した牝のようになってブリーフ越しにペニスと陰嚢を撫でまわすのだから、拓人のほうもたまらない。ペニスはみるみるビンビンになって、ヒクッ、ヒクッと跳ねている。

それを手に感じるたびに彼女もふるえ声を洩らしている。

彼女がブリーフに両手をかけた。固唾を呑むようなようすを見せて、ゆっくりブリーフを下ろしていく。拓人が腰を浮かせても、いきり勃っているペニスが邪魔になって容易に下ろせない。

ちょっと強引に、彼女はブリーフを下げた。露出したペニスが大きく弾んで拓人の下腹部を叩くと同時に「アアッ」と、彼女が喘いだ。

「すごいッ！」

昂った声でいうなり拓人の腰にしがみついてきた。

3

「ああ、硬い……ああ、熱い……」

人妻はうわごとのようにいいながら怒張に頬ずりしている。眼をつむっているその表情は、興奮に酔いしれている感じだ。

　そのようすに眼を奪われている拓人も、興奮と欲情をかきたてられていた。相手がとてもこんなことをするとは想えない美人で気品もある人妻だけに、身ぶるいしそうな快感にも襲われていた。

　人妻が怒張に舌を這わせてきた。すぐに咥えて、緩やかに顔を振ってしごく。

　それを見て拓人は思った。人妻の、それも熟女のフェラにしては、ほとんどテクがない。でも仕方ないのかも。彼女の男の経験は夫だけで、しかもその夫とはセックスレスというのだから、フェラのテクなんて身についていない可能性が高い。

　ところがそれは、拓人の早合点(はやがてん)だった。

　すぐにペニスを咥えてしごいたのは、唾液をまぶすためで、そのあと彼女はペニスを口から出して舐めまわしはじめたのだ。それもせつなげな鼻声を洩らしながら、亀頭から根元までねっとりと舌をからめたり、くすぐりたてるように躍らせたりして。

　そうしていたかと思うと、亀頭に唇を被せるようにして怒張を咥え、顔を振ってしごく。そしてここでも拓人をゾクゾクさせる鼻声を洩らしながら、ひとしきりしごくと、また怒張を口から出して全体を舐めまわす。

その一連の行為を繰り返すのだから、淡白どころか濃厚そのものだ。

しかも欲求不満を募らせていたせいだろう。夢中になると同時に嬉々としたようすで怒張を舐めまわしたりしごいたりするのだ。

それに彼女自身、異常なほど興奮しているようだ。表情や鼻声だけでなく、軀の動きにもそれが表れている。

おそらく、いきり勃っているペニスを舌や口で感じているうちに、それで高まってきた性感が全身にひろがって、とりわけ膣をうずかせているのだろう。じっとしていられないようすで上体をよじるようにして腰をもじつかせている。

その煽情的な軀の動きに、拓人は眼を奪われていた。

「しゃぶるの、久しぶりなんだよね。どう、美味しい?」

人妻は怒張を咥えたまま、上目遣いに拓人を見た。

ドキッとするほど色っぽい眼つきで見られた拓人は、ペニスがズキッとしてヒクついた。

それを感じてか、彼女が驚いたような表情を見せた。ついで、急にペニスを激しくしごくと、口を離して拓人を見上げた。

「美味しいわ。でも、ああッ、もうだめッ」

昂った声でいうなり、拓人の膝につかまって立ち上がった。

異様に欲情した感じの表情の人妻は、もどかしそうにブラウスのボタンを外しはじめた。

「俺、脱がせてあげようか」

「あなたはそのままにしてて」

人妻はぴしゃりといった。

彼女がどういうつもりでそういうのかわからず、拓人は首をひねりながら、ソファに座ったままズボンとブリーフだけ脱いだ。上着は部屋に入ったとき脱いでいたので、上半身セーターだけの恰好になった。

もう人妻がいったことなどどうでもよかった。上半身黒いブラだけになった彼女がタイトスカートを下ろしていくのを、拓人は胸をときめかせて見ていた。

スカートが脱ぎ下ろされると、黒いパンストの下にブラとペアらしい黒いショーツが透けた下半身が現れた。

下着姿になった人妻の軀は、拓人が想っていたとおりの素晴らしいプロポーションをしていたが、それだけではなかった。官能的に熟れて、見ているだけで息苦しくなるほどだ。とりわけくびれたウエストからひろがる腰の線が、ゾクゾクするほど色っぽい。

その腰から人妻の両手がパンストとショーツを一緒にずり下げていく。それを固唾を呑んで見ていた拓人は、思わず眼を見張った。眼に入ったヘアが、意表を突かれるほど黒々としていたからだ。

人妻は下半身だけ下着を取ると、拓人の膝をまたいだ。すぐにドッキングするつもりらしい。拓人は訊いた。

「美也子さんのほう、前戯とかしなくていいの？」

「いいの、このままで」

そういって彼女は片方の手で拓人の肩につかまると中腰になり、一方の手で勃起しているペニスを握って、亀頭をクレバスにこすりつけた。

そこはもう前戯の必要もないほどヌルヌルしている。それどころか、彼女が亀頭をこすりつけていると、クチュクチュと生々しい音が響くほど濡れている。

「ああッ、もう——！」

たまりかねたようにいって彼女が亀頭を膣口に入れ、ゆっくり腰を落としてくる。

ヌル～ッとペニスが熱く潤んだ蜜壺に滑り込んでいく。腰を落としきると、拓人にしがみついてきた。

「アーッ、ウーン！」

抱きしめた拓人の腕のなかで、人妻は感じ入ったような声を放って軀をわななかせた。達したようだった。

拓人は彼女の背中のブラホックを外し、ブラを取り去った。

以前、〈出会い系サイト〉で出会った人妻は、張りがなくなった乳房を見られるのがいやだといってブラを外したがらなかった。

この美也子という人妻もそうなのかと思ったが、彼女の場合はたまたま外さなかっただけだったらしい。むき出しになった乳房は、三十四歳とは思えないほどみずみずしく、形よく張っている。

「きれいなオッパイだね」

拓人は両手で乳房を揉むと同時に、指先ですでに硬く勃起している乳首をこねた。

両手で拓人の肩につかまっている人妻が、悩ましい表情で喘いで腰を使う。

「久しぶりにするオ××コはどう？」

拓人はわざといやらしい訊き方をした。人妻が卑猥(ひわい)な言葉に感応したような表情を見せた。

「いいッ」

そういうなりクイクイ腰を振りはじめ、また悩ましい表情を浮かべる。

「アアッ、奥に当たってるッ！」

ふるえをおびた声でいって、腰をグラインドさせる。そうやると、亀頭と子宮口の突起がより強くこすれるのだ。

「アアンいいッ。気持ちいいッ。アアン、イッちゃいそう……」

人妻がよがり泣きながら夢中になって腰を振る。

拓人もそれに合わせて腰を突き上げる。ただ、このままフィニッシュを迎えたくはなかった。

「ね、ベッドにいこうよ」

彼女が動きを止め、拓人を見た。

「わたしが上になっていい？」

「……いいけど、そんなに騎乗位が好きなの？」

「最初は、そうしたいの」

「どういう意味？」

「夫に復讐したいから」

彼女がゆっくりと快感を味わうように腰を使いながら過激なことをいった。

「わたし、バージンで結婚したっていったでしょ。初めのうち夫は、わたしに夢中だったの。わたしが徐々にセックスにめざめていくのが愉しくて仕方なかったみたい。でも皮肉よね、わたしがセックスにめざめてしまってからは、逆に夫のほうが徐々にセックスに興味をなくして、ついにはセックスレスになっちゃうんですもの」

「夫に女はいないの？」

拓人は訊いた。

「ええ。わたしも、もしやと思って調べてもらったんだけど、もともとそういう面は信用できる堅い人なの」

「でも、じゃあなんで復讐なんて過激なことになるの？　それだし、復讐と騎乗位がどう関係あるの？」

「考えてたら、夫のことが許せなくなったからよ。だって、そうでしょ。自分だけ愉しんで、わたしをセックスにめざめさせておきながら、あとは放っておくなんてひどすぎるわ。だからわたし決めたの。浮気をして、そのときは夫がわたしにしたみたいに、わたしが相手の男性を自分の好きにしようって」

「つまりそれが復讐で、美也子さんからフェラしてきたり騎乗位でしたいってことに繋がるの？」

人妻はうなずいた。さっきからずっと、ゆっくり腰を使っているうち、快感がアルコールの酔いのように全身にひろがっているのかもしれない。顔が上気して、とろんとした表情をしている。

「つかまって」

拓人はそういって彼女の両腕を首にまわさせた。

「このままベッドにいくよ」

いうなり人妻を抱えて立ち上がった。彼女が悲鳴をあげてしがみついてきた。

ベッドに仰向けに寝た拓人の上で、人妻は騎乗位の体勢を取った。

セーターと肌着を脱ぎ捨てて拓人も全裸になった。そして、きれいな紡錘形を描いている乳房に両手を伸ばし、膨らみを揉みたてた。

「アアッ……」

人妻が昂った喘ぎ声を洩らして拓人の両腕につかまり、腰を前後に振る。

煽情的にひろがった腰が、ウエストのくびれを支点にしてクイクイ律動する。それに合わせて亀頭と子宮口の突起がグリグリこすれ、人妻が感泣(かんきゅう)するような喘ぎ声を洩らして狂おしそうにのけぞる。

「アア〜いいッ。気持ちいいッ。アアッ、もうイッちゃいそう！」

たまらなそうに快感を訴える人妻の腰の動きが激しくなった。

「オ××コ、いいんだね？」

両手で彼女の両腕をつかんで支えてやって、拓人も腰を突き上げる。

「いいのッ、オ××コいいッ」

人妻がよがり泣きながら拓人と同じようにあからさまなことをいう。それで彼女自身興奮が高まっているようだ。

拓人もそんな美人の人妻に煽られて、もっと卑猥なことをいわせたくなった。

「オ××コ好き？」

「好きッ、好きよッ。ずっと、ずっと、こうしたかったの」

激しく腰を律動させながら、拓人よりもちょうど一回り年上の人妻が、まるで幼い女の子が泣きじゃくっているような口調でいって、「もうイッちゃう」と訴える。

「いいよ、イッても」

拓人はいった。拓人ももうイキたくなっていた。

「秀人くんもイッて。一緒にイッて」

人妻が狂ったように腰を振りたてながら息せききっていう。

その、なんともいえない心地よさを秘めた蜜壺でペニスをしごきたてられて、拓人は我慢できなくなった。

「イクよ！」

いって腰を突き上げた。

「アウッ！」

人妻が悩ましい表情を浮きたててのけぞる。拓人は射精した。

「アーッ、イクーッ、イクーッ！」

ビュッ、ビュッと勢いよく迸る精液を受けて、人妻が裸身をわななかせて絶頂を訴える。

4

シャワーを浴びたあと、拓人は腰にバスタオルを巻いた恰好でベッドの端に腰かけて缶ビールを飲みながら、入れ替わりに浴室に入っている美也子のことを考えていた。

　顔もいい、軀もいい。それにオ××コもいい。かなり年上で人妻だけど、こんなに三拍子そろったイイ女はそうそういない。このまま付き合いたい。そういったら彼女、なんていうかな。ＯＫしてくれればいいんだけど……。

　そう思っているところに美也子が軀に巻いたバスタオルの前を気にしながらもどってきた。

「飲む？」

　拓人が飲みかけの缶ビールを差し出すと、色っぽく笑って受け取り、立ったまま片方の手でバスタオルの胸元を押さえてビールを飲む。

「秀人くんて、若いのにいやらしいのね。わたし、あんないやらしいこといわされたの、初めてよ」

　なじるような口調ながらも満更でもないようすでいいながら、美也子は拓人に缶ビールを返した。

　彼女のいう「いやらしいこと」がなにか、拓人はもちろんすぐにわかったが、缶ビールをナイトテーブルの上に置くと、

「なに？　いやらしいことって」

　とぼけて訊いた。

「ウンッ、わかってるくせに」

　美也子は睨み、そして笑った。

「もしかして、ここのこと？」

　超ミニのタイトスカートを穿いているようなバスタオルから出ているきれいな脚に挑発されて、そういうなり拓人はバスタオルの下に手を差し入れた。

「アン、だめ」

　美也子がバスタオルの上からそっと拓人の手を押さえた。拓人の手は湿り気をおびた濃密なヘアに触れていた。ヘアをまさぐった。

「うん、だめ……」

　美也子が太腿をすり合わせて腰をもじつかせる。が、バスタオルの上から拓人の手を押さえている手も形ばかりで、それ以上いやがって拒もうとはしない。

　それどころか、みるみる表情が艶めいてきた。彼女のほうも拓人の行為を刺戟的に感じて愉しんでいるようだ。

「こんどは俺の好きにさせてもらうよ」

いって拓人は指を股間に差し向けた。ああッ、と喘いでいったんは太腿を締めつけた美也子だが、すぐにふっと締めつけを解いた。

拓人が指を差し入れたそこは、早くも濡れていた。シャワーの名残りではない。ヌルッとした蜜の感触があった。

拓人はクレバスを指でこすった。

「すごいな、もうヌルヌルだよ」

「いやッ。アンッ。だめッ。ああッ……」

拓人の肩につかまった美也子が、うろたえた声や感じた声を洩らして腰をくねらせる。が、すぐに拓人の指の動きに合わせて前後に振りはじめた。

拓人は彼女が胸元で挟んでいるバスタオルに指をかけた。それだけでバスタオルがほどけて滑り落ち、彼女は全裸になった。

彼女にとってそんなことはもうどうでもいいようだ。クレバスをこすりつづけている拓人の指に感じてしまって、感泣しながら夢中になって腰を振っている。

拓人のほうは、ベッドに腰かけてその前に立たせた全裸の人妻を指一本で翻弄していることで、征服欲も満たされる興奮をおぼえていた。

「アアンだめッ。もう立ってられないッ」

美也子が腰を落としかけた。拓人は嬲るのをやめて彼女をベッドに上げ、仰向けに寝かせた。

色っぽく、きれいに熟れた裸身をさらしたまま、美也子は興奮しきった表情で息を弾ませている。拓人が腰のバスタオルを取って、すでにいきり勃っているペニスを見せつけると、喘ぎ顔になって両脚をすり合わせた。

その脚を拓人は押しひろげた。美也子は喘いだだけでされるがままになった。あからさまになっている秘苑を、拓人は覗き込んだ。

「そんな、いや」

美也子が恥ずかしさのこもった声でいった。拓人が顔を起こして見ると、両手で顔を覆っていた。

「もう一回エッチしてるんだから、そんなに恥ずかしがらなくてもいいのに……そうか、ホントは美也子さん、恥ずかしがり屋なんだ」

「いや……」

美也子が動揺したような声でいう。

どうやら、いまの美也子が素の彼女らしい。そう思いながら、拓人はまた秘苑に眼をやった。

美形に似ず、ヘアは濃密で、しかも剛毛という感じだ。そのアンバランスなところが黒々と繁茂(はんも)したヘアをよけいにいやらしく、煽情的に見せている。

それと同じことが肉びらにもいえる。やや色素の濃い、ぼってりとした唇を想わせる肉びらは、それを縁取るように生えているヘアとあいまって、淫らで貪婪(どんらん)な感じだ。

欲情をかきたてずにはいない、そんな秘苑を見ているうちに、拓人は美也子の異変に気づいていた。

彼女は荒い息遣いになって、さももどかしそうに腰をもじつかせている。それは、そうやって見られて刺戟され、興奮している証拠だった。

拓人は両手でそっと肉びらを分けた。鋭く息を吸い込むような声と一緒に美也子の腰がヒクついた。

きれいなピンク色をしたクレバスがあからさまになって、蜜にまみれた粘膜の、唇をすぼめたような部分が喘ぐような収縮を繰り返し、そのたびにジワッと蜜が滲み出している。

「ウウ～ン、ああだめ……」

美也子がたまらなそうにいって、もどかしそうに腰をうねらせる。

顔を見ると、もう両手を顔から離して、発情したような表情で、早くなんとかして、といわんばかりに拓人を見ている。

拓人はクレバスに口をつけた。舌でクリトリスをまさぐってこねた。

すぐに美也子は泣くような喘ぎ声を洩らして、繰り返し狂おしそうにのけぞりだした。

肉芽がみるみる硬く膨らんできた。それを舌で弾いたり、口に含んで吸いたてて舌でこねたりしてやっているうちに、美也子の声と息遣いが切迫した感じになった。

「アアッ、もうだめッ。いいッ。アアン、もうだめッ」

おびえたようにいう彼女の、拓人の顎が密着している膣口が、ピクピク痙攣(けいれん)しはじめた。拓人は肉芽を攻めたてるように舌で弾いた。

「だめッ、イクッ、イッちゃう!……イクイクーッ!」

大きく反り返った美也子が、よがり泣きながら絶頂を訴えて腰を振りたてる。

オルガスムスが収まるのを待って、拓人は起き上がった。すると彼女は凄艶(せいえん)な表情で息を弾ませている彼女に覆いかぶさって抱きしめた。「ああイクッ」とふるえ声でいって軀をわななかせ、それだけでまた絶頂に達した。

拓人は驚いた。そういうことは初めての経験だった。

「ああ、秀人くんステキ……」

美也子が感激したようにいって起きあがると拓人を押しやり、股間に顔を埋めてきた。

拓人は彼女の腰を引き寄せ、顔をまたがせた。

彼女が拓人の上で四つん這いの恰好になった、シックスナインの体勢だ。拓人の顔の上に女蜜と唾液にまみれた秘苑があからさまになっている。ペニスに彼女の舌がからんできたのを感じて拓人も肉びらを分け、指で膣口をこねた。

クチュ、クチュという濡れた卑猥な音が響く。怒張を咥えてしごく美也子がせつなげな鼻声を洩らしながら、むっちりとしたヒップをたまらなそうにもじつかせる。

膣口をこねている拓人の指に、そこがめくれて迫り出し、カズノコを撫でているような感触が生まれてきた。

う～ん、う～ん、と悩ましい呻き声を洩らして腰をくねらせている彼女が、拓人に対抗するように激しくペニスをしごく。

拓人が快感をこらえきれなくなって美也子を押しやろうとした矢先、彼女のほうが拓人の上から横に転がるように倒れ込んだ。

「もうだめッ。もうきてッ」

仰向けになり、両手を差し出して求める。

すぐに拓人は美也子の中に押し入った。濡れそぼっていてもほどよい締まり具合の蜜壺にペニスが滑り込むと、美也子は感じ入った呻き声を放ってのけぞった。

拓人はゆっくり抽送(ちゅうそう)した。

「アアッ、いいッ。ね、秀人くんのが入ってるとこ、見せて」

美也子が息を弾ませながらいった。

「そういうの、好きなんだ?」

「そう。いやらしいの、好きなの。だから、秀人くんも好き」

色っぽい、揶揄(やゆ)するような眼つきで見つめられてそういわれ、参ったな、と拓人は苦笑いしながら美也子の手を取って上体を起こした。

対面座位の体位で、ふたりはそれぞれ上体を後方に反らした。

「ほら見て」

と拓人がわずかに腰を引くと、淫猥な眺めがあからさまになった。

「アアッ、入ってるッ！　アアン、いやらしいッ」

美也子が艶かしい声をあげた。いやらしいといいながら、肉びらの間に肉棒がズッポリと突き入っている淫らな状態を、興奮しきった表情で凝視している。

拓人は怒張を抜き挿しした。美也子がそれに見入ったまま昂った喘ぎ声を洩らし、怒張の動きに合わせて腰をうねらせる。

出入りしている肉棒の上に、膨れあがった肉芽がむき出しになっている。拓人はそれを指でこねた。

「アンッ、それだめッ」

美也子があわてて拓人の手を制した。

そのとき拓人にふと、いい考えが閃いた。

「欲求不満が爆発寸前だといってたけど、オナニーはしてたんだろ？」

美也子は一瞬訝（いぶか）しそうな表情を見せたが、恥ずかしそうにうなずいた。

「じゃあちょうどいい。やってみせてよ」

拓人は彼女の手を股間に押しつけた。

「そんなァ、やだ、そんなこと恥ずかしくてできるわけないでしょ」

美也子はうろたえたようすでいった。

「この恰好だよ。いまさら恥ずかしがることないじゃないか。それとも、どうしてもいやだっていうなら、ペニス抜いちゃうけどいいの？」

「そんなのいや」

「じゃあやって」

拓人は故意にペニスをヒクつかせた。美也子の表情が艶めいた。

「アアン、もう知らないッ」

自暴自棄になったようにいうと、美也子はおずおずと指を肉芽に這わせた。ゆっくり撫でまわす。せつなげな喘ぎ声を洩らすと、それで箍が外れたかのように本気になってオナニーをしはじめた。

「アアッ、だめッ……アアンもっと、秀人くんもしてッ、突いてッ」

指先で肉芽をクルクル撫でまわして腰をうねらせながら、焦れったそうにいう。

そうやって腰を使ってペニスの動きをわずかに感じているだけでは我慢できなくなってきたらしい。

そんな痴態を見せつけられると、拓人も我慢できなくなった。襲いかかるようにして美也子を押し倒すと、激しく突きたてていった。

――自称「三十四歳の人妻美也子」と会ってから、三日後……。

就職先の銀行に入行した小堺拓人は、信じられない人に出くわした。あろうことか、銀行の中を颯爽と歩く美也子を見たのだ。

ちょうどそのとき、そばに先輩の男性行員がいたので、拓人は激しい胸騒ぎに襲われながら、彼女が誰なのか訊いた。

先輩行員の話では、彼女の名前は綾部美弥。融資部門を仕切るほどのやり手で、いまのポストは課長だが、課長職で唯一個室が与えられている。それに夫は中央省庁のキャリアで、夫婦そろってエリートということだ。

翌日の今日、拓人は、綾部課長の部屋に向かっていた。

胸が高鳴っていた。

綾部課長の部屋の前に立って、ドアをノックした。「どうぞ」と明るい女の声が返ってきた。

拓人は部屋に入った。顔を合わせた瞬間、綾部美弥の表情が凍りついた。彼女はすぐにくるりと、拓人に背を向けた。

そうしてくれたほうが話しやすくて拓人は助かった。

「私、昨日入行した小堺拓人です。というより綾部課長、いや、美也子さんには秀人といったほうがいいですね。いやァ、マジ驚きました。ていうか、まさか美也子さんとこんな形で再会するなんて、いまでも信じられませんよ」

「もういいわ」

拓人を遮るように綾部美弥がいった。

「罰が当たったのね」

力なく、自嘲するような口調でつぶやいた。

「僕のほうは、宝くじで大当たりしたみたいな気持ちですよ」

そういって拓人は綾部美弥に歩み寄ると、抱き寄せた。四日前の情事のあと、拓人がまた会ってほしいと求めると、美也子は返事をしてくれなかったのだ。

「これからも、逢えますよね」

綾部美弥の耳元で囁きながらスーツの上から両手でバストを包み込むと、彼女がもたれかかってきた。後ろにまわした手で拓人のズボンの前をまさぐり、早くもエレクトしているペニスをギュッと握りしめた。

それが彼女の答えだと、拓人は思った。ひとりでに頬が緩んできた。

埋もれ火

1

黒木の自宅があるマンションの、来客用の駐車スペースに車を駐めると、深見研一はブルゾンのポケットから携帯電話を取り出した。フロントパネルの時計は、ＰＭ10：41を表示していた。

妻は決まって寝る前の十一時頃風呂に入る、と黒木はいっていた。

あと二十分たらずで、とんでもない計画を実行しなければならない。

ここにくるまでにじわじわと込み上げていた緊張が喉元までせりあがってきて、心臓の高鳴りと一緒に、深見は吐き気を催しそうな気分になっていた。

「きみに折入って頼みたいことがあるんだ、今夜付き合え」

黒木にそういわれて料亭に連れていかれたのは、三日前のことだった。

深見は戸惑った。代議士の黒木峰夫の私設秘書になってまだ五年たらずの自分に、わざわざ料亭に一席設けてまでの頼み事とは、一体どんなことなのか？　ましてそれなら自分よりも古参の秘書のほうがふさわしいのではないか？

　そんな深見の戸惑いをよそに、黒木はたわいない話をしながら盃を重ねるだけで、なかなかその頼み事を口にしなかった。

　あとにして思えば、さすがの黒木も酒の勢いを必要としていたのかもしれない。それも無理からぬことだった。

「ところで、頼みたいことがあるといったのは、じつは妻の苑子のことなんだ」

　そういって黒木がやっと切り出した話を聞いて、深見は耳を疑った。

　あろうことか黒木は、深見に強盗を装って自分の見ている前で妻を犯してくれというのだ。

「先生、わるい冗談はやめてください」

　深見は真に受けず、思わず笑っていった。だが黒木の表情は真剣だった。

「冗談でこんなことがいえるか!?」

　黒木は深見を見据え、語気を強めていった。

　深見は驚くより気圧された。黒木の眼には、酒の酔いのせいだけではなさそうな、不気味にも感じられる粘りがあった。

「きみも知ってのとおり、苑子はお嬢さん育ちで気品があるが、プライドも高い。俺もそこに惚れて妻にしたんだが、これが結婚して三年経ってもどうにもならんで手を焼いてるんだ。ほらよくいうだろう、男にとって理想的な女は、昼は淑女、夜は娼婦だと。娼婦とはいわないまでも、苑子にはそういうところがまったくない。早い話が、アレの最中にも乱れるということがないんだ。それどころか俺とナニするのも、仕方なく応じているふしさえある。ところがまったく感じていないかというと、そういうわけでもない。その証拠にちゃんとお汁(つゆ)は出るし、軀もそれなりに反応して息を乱したり、かすかに喘ぎ声を洩らしたりもする。それにアソコを舐めてやれば、口には出さないが確かにイッた反応を見せるし、俺のモノもいやいやというようすながら一応はしゃぶることはしゃぶる。そのくせどういうわけか、心底感じ入ってよがり泣いたり乱れたりすることがない」

夫婦のセックスのようすをあからさまに話す黒木に、深見は困惑しながらも酒の酔いも手伝って覗き見的な興奮をおぼえていた。

それも苑子夫人が黒木のいうとおり気品があって、そのうえ洋服も和服も似合うタイプの美形だからだ。

しかも再婚の黒木とは親子ほども歳の開きがあり、黒木は五十八歳だが苑子夫人はまだ三十二歳の若さだ。

深見は三年前のふたりの結婚披露宴で初めて苑子を見て、思わず見とれたものだった。

そればかりか、黒木との結婚には、なにか裏があるのではないかと訝らずにはいられなかった。いくら黒木が政権与党の民自党のなかにあってその歳で隠然たる力を持っている代議士だとはいえ、小柄でオットセイに似た容貌の五十半ばの男と三十前の美形の苑子とでは、どう見ても釣り合いが取れなかったからだ。

案の定、そのうち深見の疑念を裏付ける噂が耳に入ってきた。

黒木の後援会幹部でもある苑子の父親が経営する建設会社は倒産寸前だった。それを黒木が金融機関に働きかけて救った。ところが黒木の狙いは最初から娘の苑子にあって、恩を売ることで苑子をものにした。

一方、苑子にも事情があった。かつて父親の猛反対を聞き入れず結婚を約束した無名画家の恋人がいたが、黒木と結婚する二年ほど前にその恋人が病死して、苑子は生きる望みを失っていた。

それで投げやりな気持ちから黒木との結婚を受け入れたのだろう――という話だった。

苑子にまつわる噂の真偽はわからないが、結婚にいたる経緯については、いかにも黒木らしいと深見は思った。

黒木という男は、民自党の議員のなかでも抜け目のなさでは突出している。とりわけ利権を握るのが巧妙で金集めが巧く、その豊富な資金力に物をいわせてのし上がってきた。

もっともそこには、実態が明るみに出れば違法性を問われかねない危ないやり方も少なくない。

黒木の秘書になってそんな裏の顔がわかってくるにつれて、深見は失望した。仕える相手をまちがえたのではないかと思わずにはいられなかった。

ただ黒木には、人心掌握術にかけては天才的なところがあった。それも飴と鞭の使い分けがすこぶる巧い。ときに人を人とも思わないような言動におよぶことがある反面、やたらと面倒見がいいのだ。その結果、飴と鞭を使い分けられたほうは、気がついてみるといつのまにか黒木のシンパになっている。

深見もその口だった。失望して仕える相手をまちがえたのではないかと思いながらも、黒木のことを完全に否定して彼から離れるということができなかった。黒木の持つ人間臭さに接しているうち、気がついてみたら、清濁併せ呑む黒木に呑み込まれていたという感じだった。

黒木の話はさらにつづいた。

「そんな調子だから、俺としてはおもしろくない。ヤル気がしなくなって、じつはもう半年ちかく苑子とはヤッてないんだ。ところが苑子の奴は不満げなようすもない。これもふつうに考えれば妙だろう。乱れることはないといっても、俺の感触ではセックスがまったく嫌いというわけでもなさそうな三十女がだな、亭主に半年も放っておかれたら、なにかしら不満げなようすがあって当然じゃないか。きみだってそう思うだろう、ん？」

同意を求められて深見は当惑した。そうですね、ともいえない。あいまいな笑みを浮かべて首をひねっていると、黒木はつづけた。

「それで俺も考えたんだ。苑子の奴、俺の女関係を知って反発してるのか、あるいは昔の男が忘れられないのか。きみももう噂で知ってるかもしれんが、苑子には俺と一緒になる前に結婚を約束していた男がいたんだ。といってもその男はもうこの世にはいないんだが……それとも、もっとほかになにかわけがあるのか、とかな」

黒木は女好きで、深見が知っているだけでも三人の愛人を囲っている。

「しかしプライドの高い苑子のことだ、それを一々問いただしたところで答えないに決まっている。それどころか頑なになって、俺に対してますます気持ちを閉ざすのがオチだ。かといって、このままにしておくわけにもいかん。あれだけの器量を持った女だ。俺としてはなんとしても苑子の気持ちまで丸裸にしたい。そこで、さっきした話を思いついたわけだ。俺の前で犯されれば、かりに俺の女関係に反発していたとしても、昔の男が忘れられないとしても、そんなことは吹っ飛ぶ。そこを俺がやさしく慰めてやれば、苑子も俺に気持ちを開くはずだ。ショック療法だよ。どうだ、俺の頼みを聞いてくれんか。聞いてくれれば、きみのことはこの先悪いようにはせん」

決断を迫られて深見は困惑した。荒唐無稽な話だし、第一に犯罪行為であるし、すぐに応諾できるようなことではなかった。といって黒木に迫られると拒否もできなかった。苦し紛れに深見はいった。

「すみません。いくら先生の頼みでも即答できるようなことではないので、ちょっと考えさせてください」

「いいだろう。明日まで待つ。いい返事を期待してるぞ」

もう答えは決まっているといわんばかりの黒木に、深見はますます困惑しながら訊いた。

「ですが先生、こんな大それたことを、どうしてこの私に頼もうと思われたんですか」

「それはだな、まず秘密が守れて、となると身内ということになる。つぎにスケべでアッチのほうが強い男という条件で周りを見まわしたら、きみが一番すべての条件を満たしていそうだったからだ」

黒木は揶揄（やゆ）するような笑いを浮かべていった。

深見は苦笑するしかなかった。さすがに黒木は炯眼（けいがん）だった。

二十八歳で独身の深見は、事実、スケベで精力にも自信がある。ただ、あまり女にモテるタイプではないので、性欲の捌（は）け口はもっぱら風俗店の世話になっている。

そんな深見にとって、苑子夫人のような気高（けだか）い雰囲気さえ漂う美女は、まさに高嶺（たかね）の花だ。ＳＭクラブにも通ってＳプレイを愉しむことがある深見は、苑子夫人を犯すシーンを想像しただけで興奮をかきたてられた。

それはしかし、あくまで想像のなかのことであって、それを実行するとなるとあまりにひどい話で、さすがに気が咎（とが）めた。

かといって黒木の頼みを拒否したときのことを考えると暗澹となった。「この先悪いようにはせん」といった黒木の言葉とは逆のことが待っているのは眼に見えていた。

苦しい選択を強いられて深見は迷いに迷った。「いい返事を期待してるぞ」という黒木の言葉がなんども頭をよぎった。それがボディブローのように効いてきて、ノーとはいえない気持ちに追いやられた。

翌日、深見は黒木に「やります」と答えた。「そうか！」と黒木はオットセイに似た顔を輝かせ、声を弾ませた。そして、その夜も深見を料亭に連れていき、苑子夫人を犯す計画の詳細を深見に伝授したのだった。

2

携帯の呼び出し音が鳴った。それを待っていても心臓が跳ねた。深見はすぐに受話ボタンを押して電話に出た。

「はい、深見です」

声が喉にからんだ。

「俺だ。いいぞ」

押し殺したような黒木の声。心臓が飛び出しそうなほど激しく搏動しだした。

「わかりました」

声を押し出すようにして答えると電話を切り、深見はバッグを持って車から出た。マンションの来客用の駐車場から小走りにエントランスにまわった。

黒木から預かっているキーを使って、見るからに〝億ション〟らしい豪華な造りの玄関ホールに入り、エレベーターに乗り込むと、黒木の自宅があるフロアのボタンを押した。

上昇するエレベーターのなかで深見は、現実とはちがう、どこか別の世界に運ばれていくような気がした。

黒木はわずかにドアを開けて待っていた。この時刻、通いのお手伝いはいない。いるのは黒木と苑子夫人だけだ。

深見は一揖して玄関に入った。黒木の自宅にはなんどかきていた。

苑子夫人の前に風呂に入ったらしく、白いバスローブをまとった黒木が深見を寝室に入れた。

深見が黒木夫婦の寝室に入ったのは、もちろん初めてだった。中央にダブルサイズのベッドが二つ並び、豪華なインテリアでまとめられていた。

照明はベッドの両サイドのスタンドと、枕元の上のブラケットが点いているだけで、ベッドの上は明るいが周りは仄暗い。まるでレイプの舞台を照らし出しているようだった。

「おい、突っ立ってないで早く準備しろ」

黒木にけしかけられて深見はバッグを開けた。バッグの中には強盗を装うための小道具のほかにアダルトショップで調達してきた拘束具の手錠(てじょう)やロープ、それにバイブも入っていた。

強盗の持ち物としては妙だから黒木もいわなかったのか、それともそこまで考えつかなかったのか、バイブだけは黒木との打ち合わせのなかに入っていなかった。深見自身、バイブを使うかどうかは成り行きしだいだと考えていた。

深見がロープを手にすると、黒木はベッドの横に置いてあるマッサージチェアに腰を下ろした。

「失礼します」

「遠慮することはない。ちゃんと縛れ」

いわれて深見は黒木の上体と足をチェアに縛りつけた。

ついでネクタイで猿ぐつわをした。下手に口をきかなくてもすむから猿ぐつわをしろと、黒木がいったのだ。

深見はマスクを被った。首から上をすっぽりと覆う黒いマスクで、眼と鼻と口の部分だけ穴が開いている。

そのとき、かすかに電動音のようなものが聞こえてきた。ドライヤーの音らしい。深見は緊張した視線を黒木に向けた。急げ、というように黒木は顎をしゃくった。

深見はブルゾンを脱いだ。手錠をジーンズの後ろポケットに差し込み、ナイフを手にすると寝室のドアのそばにいった。

不思議だった。極度の緊張状態がつづくと麻痺するのか、妙に平静でいられた。なによりマスクのせいもあった。マスクで顔を隠していると、計画を確実に実行できるような自信がわいてきていた。

深見は黒木に眼をやった。黒木のほうが緊張しているようだった。ふだんは相手によって尊大と謙譲を巧みに使い分ける顔を強張らせて、寝室のドアを睨んでいる。

深見は身構えた。足音が近づいてくる。心臓をわしづかみにされたような感覚に襲われた。

寝室のドアが開いた。深見はドアの陰から躍り出た。苑子夫人を片方の腕で抱きすくめ、ナイフを頬に押しつけた。

苑子夫人はまともに声をあげることもできなかった。「ヒッ！」と勢いよく息を吸い込んだような声を洩らしただけだった。

「殺されたくなかったら、おとなしくしろッ！」

深見はドスの利いた声でいった。恐怖に凍りついたような美貌が小さくうなずいた。大きく見開いた眼は、拘束されている夫の姿をとらえているはずだ。

「脱げ！」

深見は命じた。苑子夫人はうろたえた表情を見せた。夫に向けた眼が助けを求めている。

「殺されたいのか？」

深見は夫人と黒木の顔を交互に見た。

いわれたとおりにしたほうがいい、というように黒木がうなずいた。夫人の表情が歪(ゆが)み、色を失っていた顔に赤みが差した。絶望と激しい屈辱に襲われたようだ。

夫と揃いらしい白いバスローブをまとっている苑子夫人が、黒木から眼をそらした。必死に恥辱をこらえているような表情を浮かべて、おずおずとバスローブの紐に手をかける。深見を本物の強盗だと思い込み、恐怖にかられているらしく、紐を解く手が小刻みにふるえている。

紐は解いたものの、夫人はバスローブを脱ごうとはしない。

「早くしろ！」

深見は夫人の喉元にナイフを押し当てた。ヒッと鋭く息を吸い込んだ声と一緒に夫人の顔がのけぞった。

美貌を引きつらせたまま、夫人はバスローブを脱ぎ落とすと、すぐさま両腕で胸を隠した。バスローブの下はローズレッドのショーツだけで、しかもシースルーだった。

深見は思わず息を呑んだ。もとよりプロポーションがいいのはわかっていたが、しっとりとした感じの絖白い肌といい、眼を見張るほどきれいに熟れたボディラインといい、その裸身はパーフェクトな官能美をたたえている。

深見の分身は一気にいきり勃って、たちまち硬いジーンズを突き上げるまでになっていた。

深見はナイフを口に咥えると、素早く苑子夫人の手首をつかんで背中にひねり上げた。

「いやッ、やめてッ」

悲痛な声をあげて抗おうとする夫人に、手早く後ろ手に手錠をかけた。もう抵抗できないと観念したか、とたんに夫人はおとなしくなった。

白い肌を際立たせて、よけいにセクシーに見えるローズレッドのショーツの下に、尻の割れ目が透けている。そのヒップラインに深見は欲情をかきたてられながら、苑子夫人の前にまわった。

夫人が腰をひねるようにして片方の太腿で下腹部を隠しているためヘアは見えないが、むき出しの乳房は形といいボリュームといい、思わずむしゃぶりつきたくなる美乳だった。

深見は驚いた。うつむいて荒い息をしている夫人の表情が、なぜか妙に艶かしいのだ。

ひょっとして——!?

ふとそう思ったが、強盗に犯されようとしているこの状況からしても、それに黒木から聞いた話からしても、そんなことがあるはずはなかった。

深見は黒木を見た。妻を犯してくれといったものの、さすがの黒木も妻がショーツ一枚で拘束されている姿を見て心穏やかではいられないのか、顔を紅潮させている。それでも、早くやれというように深見に向かって顎を小さくしゃくった。

けしかけられるまでもなく、すでに深見に迷いはなかった。それどころか苑子夫人の見事なまでに官能的に熟れた軀を見たときから欲情をかきたてられていた。

しかも手錠で拘束したことで、嗜虐的な欲望も込み上げてきていた。深見はナイフをベッドの上に投げ捨てた。

「奥さん、いい軀をしてるな。オッパイだって美味しそうだし、腰つきなんてさすが人妻だ、たまンないほど色っぽいよ」

SMクラブでSプレイを愉しむときの気分になって、努めて声を変えていやらしい口調でいうと、夫人はいたたまれないような表情を浮かべて深見の言葉を振り払うようにかぶりを振る。

「このままじっとしてろ」

両手の中指の先でツンと突き出した乳首に触れた。

「あッ、いやッ」

夫人は弾かれたように顔をあげて上体をよじった。深見が指先で湿り気をおびた感触の乳首をくすぐるようにしてこねると、悩ましい表情を浮かべて必死に声をこらえているようすでかぶりを振り、肩をよじるようにして身をくねらす。

「奥さん、感じやすいんだな」

深見は苑子夫人の反応に気をよくしていった。みるみる乳首が硬くしこってきているのだ。

「ほら、もう乳首がオッ勃ってきたよ」

いうなり両方の指で乳首を弾いた。「ウッ！」と呻いて、夫人の歪んだ顔がのけぞった。

深見は苑子夫人の前にひざまずいた。夫人はあわてたようすで太腿をよじって下腹部を隠した。悩ましい曲線を描いているウエストから腰にかけて、深見は両手でなぞっていった。

「い、いやッ。やめてッ」

夫人がうろたえた声をあげて逃れようと腰を振る。太腿をよじっていられず、シースルーのショーツの下に透けた、かなり濃密なヘアが深見の眼に入った。

深見はゾクゾクしながらショーツをずり下げた。夫人が太腿を締めつけ腰をひねって拒もうとするのを、強引にショーツを引き下ろしていき、両足から抜き取った。

「さ、奥さん、ベッドにいこうか」

立ち上がって肩を抱いてうながすと、全裸になった苑子夫人は尻込みし、声もなく激しくかぶりを振りたてた。深見は無理やり夫人をベッドに連れ込み、押し倒した。

3

苑子夫人は横たわって軀をまるめ、顔をベッドに埋めている。ウエストが落ち込んだぶん際立って見えるヒップの量感が、深見の凌辱欲をかきたてた。

深見はロープを手にすると夫人の膝に手をかけて仰向けにした。

「いやッ」と夫人は小さく喘ぐような声を洩らして両膝を締めつけた。深見はそれを割って片方の膝を縛ると、ロープをベッドの下に通してぐいと引き、さらに一方の膝も縛った。

「いやッ、やめてッ」

夫人は必死に懇願するようにいってかぶりを振りたてる。すでに両膝は軀の真横に開ききっているのだ。

「ほら、こうやればもっといい恰好になる」

深見はそういって夫人の上体を開いている股間のほうにずらした。

「イヤァ、だめッ！」

夫人はいままでにない声をあげた。

開ききった両膝がMの字を描き、これ見よがしに股間を突き出した恰好になっているのだ。精一杯上体をよじって顔をそむけているので表情はわからないが、気品がありプライドも高い夫人にとって、身を焼き尽くされるような恥辱に襲われているにちがいない。

深見は両方のベッドに置いてあった大きな枕を二つ持ってきた。夫人の上体を起こし、二つの枕をずらして重ねると、その上に夫人を寝かせた。後ろ手の手錠の背中への衝撃を和らげるためと、そうやって上体を起こしぎみにしていれば、夫人に自分の恥態を見せつけることができるという計算からで、そこまでするのは強盗にしてはやりすぎではないかと思ったが、夫人を縛っているうちにただ犯すだけでは物足りなくなってきたのだ。

「いい眺めだよ、奥さん」

深見は苑子夫人のこれ以上ない恥態を見ながらジーンズを脱いだ。いきり勃っている分身がブリーフの前を露骨に突き上げていた。

苑子夫人は声もなく上体をよじって顔を枕に埋めたままだ。わずかに見える頰が紅潮していた。

かろうじて顔を隠していても、乳房や、なにより両脚をM字状に開いて拘束された下半身はどうすることもできない。黒々と繁茂したヘアや秘苑はおろか、これ以上ない開脚によって赤褐色の肉びらがぱっくりと開き、サーモンピンクのクレバスを露呈している。

深見は眼を疑った。全身の血が騒ぎたった。なんと、サーモンピンクのクレバスがジトッと濡れているのだ。それにクリトリスも膨れあがった感じで露出している。

手錠をかけたとき、どことなく引っかかった夫人の反応が深見の脳裏をよぎった。

(やっぱりそうなんだ、奥さんはマゾッ気があるんだ！)

深見はいままでにない興奮に襲われて、苑子夫人の股間にひざまずいた。

「奥さん、これはなに？」

訊くなり指でクレバスを下から上へなぞった。ヌルッとした感触。「アンッ!」

——ふるえ声と一緒に夫人が弾かれたようにのけぞった。

「オ××コ濡れてるじゃないの、奥さん。いやがってるけど、本当はこうやって無理やりやられるのがいいんだ、そうだろ?」

深見は指でクリトリスをこねながら問いつめた。

夫人はかぶりを振りたてて否定した。が、悩ましい表情のなかに狼狽しきっているようすを見せてのけぞったり、腰を上下左右に小さく振ったりしながら、必死に声をこらえているようなせつなげな喘ぎ声を洩らす。

夫人を嬲りながら、深見は戸惑ってもいた。セックスの最中に乱れたことがないという苑子夫人なのに、どう見てもマゾッ気があるとしか思えない。一体どうなってるんだ!?

深見は戸惑いの眼を黒木に向けた。黒木も驚いているようだ。

ふたりの男の戸惑いや驚きをよそに、苑子夫人の洩らす声が艶かしくなってきた。明らかに感じて昂ってきているとわかる表情になって、繰り返し狂おしそうにのけぞり、さもたまらなそうに腰をうねらせている。

深見の指がこねまわしているクリトリスも、もうビンビンに勃起している。

その艶かしい声といやらしい腰つきが、深見の欲情を嗜虐的なそれへとけしかけた。

「奥さんいいの？　ダンナの見てる前でそんな気持ちよさそうな声を出しちゃったり、いやらしく腰振っちゃったりして」

深見が揶揄すると、苑子夫人はハッとした表情を見せ、我に返ったように狼狽しきったようすで激しくかぶりを振った。

深見は秘苑にしゃぶりついた。ヒクッと夫人の腰が跳ね、悲鳴に似た声があがった。

責めたてるようにクリトリスを舐めまわすと、弾むような息遣いにまじって泣くような喘ぎ声がたちはじめた。

一気に絶頂に押し上げてやろうと、深見は舌を躍らせつづけた。

夫人の息遣いと声がしだいに切迫してきた。上目遣いに見ると美乳が繰り返し突き上がって、生々しく揺れている。

深見の顎が当たっている膣口のあたりがピクピク痙攣しはじめた。絶頂寸前とみて、深見はクリトリスを舌で弾きたてた。

「アアッ、だめッ――！」

怯えたようなふるえ声を放って夫人の軀が反り返ったかと思うと、感じ入ったような呻き声と一緒に腰が律動する。

深見はのっそりと起き上がった。苑子夫人は興奮が貼りついたような、というよりも発情したような表情で息を弾ませている。

「奥さん、イッたんだろ？」

夫人は黙って顔をそむけた。

訊くまでもなく、さきほどの反応とその表情を見れば、絶頂に達したのは明白だった。

深見はブリーフを脱ぎ捨てると、夫人の顔の横にいった。

「ほら、俺が舐めてイカせてやったんだから、こんどは奥さんにしゃぶってもらおうか」

夫人の髪をつかんで顔をこっちに向かせ、口元に怒張をつきつけた。

「い、いやッ……」

夫人はおぞましそうな表情を浮かべて拒んだ。が、深見が怒張で美貌を撫でまわすとみるみる昂った表情になって息苦しそうに喘ぎ、眼をつむっておずおずと怒張に舌をからめてきた。

「いいぞ、その調子だよ奥さん」

深見は気をよくしていって、夫人の股間に手を伸ばした。女蜜にまみれている秘苑をまさぐって、指先で膣口をこねた。

クチュ、クチュと、卑猥な音が寝室に響き、夫人が眉根を寄せてたまらなそうに腰をもじつかせる。それを訴えるようにせつなげな鼻声を洩らし、怒張に舌をからめてくる。

「奥さん、咥えてしごいてよ」

深見の要求を、もはや夫人は拒まなかった。それどころか、深見の指で卑猥な音をたてて膣口を嬲られペニスを舐めまわしているうちに発情の度が強まってきたような上気した表情で肉茎を咥えると、夢中になって顔を振ってしごきはじめた。

黒木は、もう半年ちかくセックスしていないのに夫人は不満なようすがないといっていたが、本当のところは不満が溜まっていたのかもしれない。それにしても強盗を相手にここまで夢中になるとは！

深見は身ぶるいしそうな快感をこらえながら、啞然とした思いで黒木を見やった。

黒木も深見と同じ思いにとらわれているらしく、顔を紅潮させて茫然としたような表情をしている。

そんな夫のことなど、もう眼中にもないかのように、夫人はフェラチオに熱中し、ヌルヌルしたクレバスをこすっている深見の指に泣くような鼻声を洩らして腰を揺すっている。

その腰つきがなんともいやらしく、深見は快感をこらえられなくなった。

「奥さん、あんまりマジにしゃぶるからダンナが妬いてるよ」

夫人は我に返ったようにうろたえたようすで怒張から口を離し、「いや」と小声を洩らして顔をそむけた。が、表情は発情したようなそれのままだ。深見は夫人の股間に移動した。

夫人の反応しだいではバイブを使って狂わせるつもりだったが、その必要はなさそうだった。それよりペニスで夫人を狂わせることができれば、それに越したことはない。

「ほら奥さん、もうこれが欲しくてたまらないんだろ？」

深見は怒張を手に亀頭でクレバスをこすりたてた。

「アッ、いやッ、だめッ」

夫人は悩ましい表情になって腰をくねらせる。深見は夫人に覆いかぶさると、耳元で囁いた。

「いやッ」と夫人はかぶりを振りたてた。

「奥さんみたいに、お上品な美人がそういうのを聞きたいんだよ。このきれいな顔がどうなってもいいのか？」

深見は手にしたナイフで夫人の頬をかるく叩いて脅した。

「い、いやッ、やめてッ。アアッ、オ××コしたい……××ポ、入れて」

夫人はふるえ声であからさまな要求を口にした。

怯えているわりに興奮しているようにも見える表情で、ふだんの苑子夫人からは想像もできない卑猥な言葉をいうのを聞くと、それを命じた深見自身欲情を抑えられず、一気に夫人のなかに押し入った。

ヌル～ッと怒張が蜜壺の奥深く突き入ると同時に、夫人は感じ入ったような呻き声を洩らしてのけぞった。その一突きで達したような感じだった。

「オオッ、奥さんのオ××コ、締まりがいいな。ジワッと締めつけてきてるよ。たっぷり愉しませてやるから、しっかりよがってダンナに聞かせてやりなよ」

深見は怒張を抜き挿しした。夫人の蜜壺は締まり具合といい、抽送（ちゆうそう）するペニスにからみついてくすぐりたててくるような膣壁の感触といい、なかなかの名器だった。

　夫人は初めのうち必死に声をこらえているようすだったが、深見が抽送したりこねまわしたりしているうちにきれぎれに泣くような喘ぎ声を洩らしはじめた。

　深見は腰を使いながら、黒木を見た。夫人を食い入るように見ている黒木は、嫉妬と興奮が入り混じっているような表情をしていた。

「奥さん、いいんだろ？」

　深見は怒張を抽送しながら指でクリトリスをこねて訊いた。

「アアだめッ、それだめッ」

　夫人はあわてていって腰を揺すりたてる。深見はなおも肉芽を嬲りながらけしかけた。

「ほら、どこがいいのか、いやらしい言い方でいってみろ」

「いやッ、だめッ。アアン、オ××コいいッ！」

　夫人は狂ったようになっていった。

　そこで深見は夫人の膝を縛ったロープを解いた。ついで夫人を抱き起こして手錠も外すとそのまま腕をつかみ、「ほら」と怒張を抽送して見せつけた。

つられたように股間を見やった夫人は、とたんにそこ——濡れそぼった肉びらに咥えられた肉棒が女蜜にまみれてヌラヌラ濡れ光って出入りしている——から眼が離せなくなった。

それればかりか、みるみる色めきたったたような表情になったかと思うと、「ああだめッ！」と昂った声をあげるなり深見にしがみついてきた。そして、夢中になって腰を振りたてる。

もう役目は果たした——そう思った深見は、そのまま倒れ込むと、怒張を夫人に激しく突きたてていった。

4

「それにしても苑子の奴、強盗に犯されかかっているというのに濡れていたとはな、きみがそういったときは啞然としたよ。女のなかには多少は犯されたいという願望があるというけれど、相手は強盗だからな、どうもあれだけは解せん」

翌日、黒木はそういって首をひねりながらも上機嫌だった。思惑どおりに事が運んだからだ。

黒木がいうには、深見が引き揚げたあと、心身ともに傷ついた妻をやさしく慰めてやるはずだったが、強盗に犯されてあそこまで乱れた妻に激しい怒りや嫉妬や興奮をかきたてられて襲いかかり、罵りながら犯すように行為した。

すると妻はよがって絶頂を訴えるという、いままでにない反応を見せた。

そのときのようすを黒木が上機嫌で話すのを聞いていて、深見は妬ましさをおぼえた。だから、黒木が「解せん」といって首をひねっても、それは苑子夫人にマゾッ気があるからだとはいわなかった。

ただ、深見にしてもそのことに確信があるわけではなかった。たとえ苑子夫人にマゾッ気があったとしても、強盗に犯されてあそこまで感じて乱れるだろうかという疑念が消えなかったからだ。

それから三日後の日曜日のことだった。

苑子夫人を犯したときのことを思い出しているうちにSMクラブで遊びたくなって出かける支度をしていると、来客を告げるチャイムが鳴った。

どうせ新聞の勧誘かなにかのセールスだろうと思い、断りようを考えながらドアを開けた深見は、思いがけない来客にあわてふためいた。

あろうことか、苑子夫人が立っていたのだ。

「ごめんなさい、突然訪ねてきちゃって。あら、お出かけ？」

「あ、ええ」

「そう。深見さんにお話ししたいことがあったんだけど、じゃあお邪魔できないわね」

「お話って、どういう……」

いかにも残念そうな夫人に、深見は訊いた。

「それは、ここではちょっと……」

「あ、すみません。散らかってますけど、どうぞ」

「でもお出かけなんでしょ？」

夫人は訊きながら部屋に入った。深見の部屋はワンルームマンションの一室なので、玄関に入ればすぐに室内が見渡せる。

「いいんです、べつに大した用事じゃないから」

いいながら深見はあわててベッドの布団を直したりテーブルの上を片付けて苑子夫人にあがってもらい、ソファをすすめた。内心、まさかとは思いながらも強盗のことがバレたのではないかと不安だった。

「ちょっと待ってください、いまコーヒー淹れますから」

「あ、お構いなく。それより深見さんも座って」

深見は苑子夫人と向き合う恰好でベッドに腰を下ろした。夫人に真っ直ぐ見つめられてドギマギした。

「この前の強盗、深見さんでしょ？」

唐突にいわれて深見はいきなり頭を殴打されたようなショックを受けると同時にあわてふためいた。

「強盗⁉　なんのことですか？」

「とぼけてもだめよ、もうわかってるんだから。黒木に頼まれたんでしょ？」

「先生がそうおっしゃったんですか？」

深見は思わず訊き返した。苑子夫人は首を振った。

「黒木の考えそうなことですもの。でも黒木に頼まれたからって、あんなことするなんてあなたが一番ひどいわ。そうでしょ？」

「……申し訳ありません」

深見は全身から冷や汗が噴き出る思いで頭を下げて謝った。そうするしかなかった。

「申し訳ないって気持ちがあるんだったら、責任を取っていただきたいわ」

「責任、ですか？」

深見はその言葉に困惑し頭を上げて訊いた。どういうわけか苑子夫人は艶かしい表情を浮かべている。

「そうよ。あなたは、わたしが心と軀の奥深くしまっておいたものに火をつけたんですもの」

不可解なことをいって立ち上がると、夫人はみずからスーツを脱ぎはじめた。夫人のいう責任の意味がなんとなくわかったものの、事の成り行きが信じがたく戸惑っている深見の前に、思わず眼を見張る悩ましい下着姿が現れた。すべて黒い下着で、しかもガーターベルトをつけたスタイルだった。

「深見さん、この前のように縛って」

苑子夫人がいった。

妖しい官能が燃えているような眼で見つめられて、深見はたじろいだ。それ以上に夫人の求めに応じるべきかどうか激しく迷った。もし応じてこのことが黒木に発覚したら、ただではすまない。

「どうしたの？　黒木に内緒でこんなことをするのが怖いの？」

苑子夫人が深見の迷いを察したらしく、挑発するような眼つきと口調でいいながら背中を向け、ブラを外す。

　夫人がつけているショーツはＴバックだった。むき出しのヒップのまるみを眼にしたとたん、深見の迷いや黒木への畏怖にかわって荒々しい欲情が込み上げてきた。

　ロープは先日夫人を犯したときからバッグに入ったままになっていた。深見はバッグを持ってきてロープを取り出すと、夫人を後ろ手に縛りにかかった。

「だけど、どうして強盗が俺だとわかったの？」

「あなたの手よ」

　いわれて深見はアッと思った。深見の右手には、甲の真ん中に十円玉ほどの痣があるのだ。

「そうか、これか。で、さっきいってたけど、心と軀の奥深くしまっていたものっていうのはどういうこと？」

「わたし……過去に付き合っていた人がいたの。調教って言葉、あなたならわかるでしょ？　その彼に調教されて、マゾの快感を教え込まれたの」

　乳房の上下にもロープをまわして形のいい膨らみを挟み出す深見に、苑子夫人は息を乱しながらいった。

「でも、先生とのセックスで乱れなかったのはなんで？」

「あなたも知ってるでしょ？　わたしと黒木の結婚の経緯。それに黒木は、ただ女好きなだけで、ＳＭのことなんてわかる人じゃないわ」

「どうして？」

「わかるのよ、わたしがマゾだから」

「じゃあ俺はわかると思われたわけ？」

深見は苑子夫人を向き直らせて訊いた。こっくりとうなずき返した夫人は、後ろ手に縛られたロープで乳房を絞り出されただけで、早くも興奮が浮きたった妖艶な表情になっている。

深見は夫人を抱き寄せて唇を奪った。初めてのキスだった。深見が舌を入れてねっとりからめていくと、せつなげな鼻声を洩らして夫人も熱っぽく舌をからめてくる。

濃厚なキスを交わしながら、深見は夫人のショーツのなかに手を差し入れ、秘苑をまさぐった。肉びらの間はすでに熱い女蜜があふれていた。

似た女

1

わずかに開いたドアから女の顔が覗いた。顔の半分しか見えないが美形だとわかった。慎也（しんや）は笑いかけて、小声でいった。

「――倶楽部の者ですけど」

「入って」

女も小声でいった。硬い感じの声だった。

慎也は部屋に入った。女はもう奥に向かっていた。

あとにつづきながら、スーツを着ている女の後ろ姿を見て、慎也はにやりとした。プロポーションもイケてる。こんないい女は初めてだ。

そう思ったら珍しく、早くも股間に充血の兆（きざ）しが表れてきた。

女がセックスを愉しむために都心の一流ホテルの二十五階に取った部屋は、ゆったりとしたダブルだった。ベッドと窓の間にあるテーブルと椅子のそばまでいって彼女が足を止め、慎也のほうに向き直った。

「ウソッ！」

女の顔を初めてまともに見たとたん、慎也は思わず驚きの声を発していた。

「ウソって、わたしの顔のこと？」

彼女が笑いをこらえたような表情で訊く。

慎也は興奮してうなずき返し、気負い込んでいった。

「まさか、あの水木冴子（みずきさえこ）さん⁉ テレビでニュースキャスターやってる」

「やだ、またァ」

彼女は苦笑していった。

「よく彼女とまちがわれて困っちゃうのよ」

慎也は唖然とした。

「ちがうんですか？」

「当然でしょ。別人に決まってるじゃないの。だってそうでしょ。彼女がこんなことをすると思う？」

女が自嘲するような笑みを浮かべて訊き返す。

慎也はふと、訊き方にどこか引っかかるものを感じた。だが、いわれてみればそのとおりだった。知的な美女の代表のようにいわれている人気キャスターの水木冴子が出張ホストを呼ぶなんて、とても考えられない。

水木冴子に瓜二つの、目の前の女に見とれたまま、慎也はいった。

「そうですよね。でも信じられないくらい似てるなァ。顔だけじゃなくて、ヘアスタイルとか、抜群のプロポーションとか、声だってそっくりだし……」

「やだ、まだいってる。大成功だわ」

女が妙なことをいった。

「大成功？」

「そう。わたしね、できるかぎり水木冴子さんに似せてるの。どうしてだかわかる？　だって、いまのあなたみたいにビックリするでしょ。それがおもしろいからよ」

彼女はおかしそうにいいながら冷蔵庫の前にいった。慎也が唖然としていると、冷蔵庫からボトルを取り出した。シードルのようだった。リンゴ酒を二つのグラスに満たすと、それを手にもどってきた。「どうぞ」と一つを慎也に渡して椅子に腰かけ、彼にも座るよううながした。

「あの、ぼくでいいですか？」

飲み物を渡されてホッとしながらも、慎也は恐る恐る訊いた。

彼女はこの日初めて慎也が所属する出張ホスト倶楽部に電話をかけてきた客だった。それでたまたま慎也が派遣されたのだが、彼女は慎也のことが気に入らない場合はほかのホストにチェンジすることができるのだ。

慎也としては相手が水木冴子そっくりの美女だけに、ぜひチェンジはナシであってほしいと祈る気持ちだった。

果たして彼女はにっこり微笑み、うなずいてくれた。

「見るからにホストってタイプだったら考えちゃうとこだけど、あなたそうじゃないからＯＫよ」

「よかった。初めて美人に出会ったのに、チェンジされたらどうしようって焦りまくってたんですよ」

慎也は本音を洩らした。ひとりでに顔が輝き、声が弾んでいた。

そして、わからないものだと思った。彼女のいうとおり、ホストタイプでもイケメンでもない顔やカジュアルな服装が幸いするなんて。

「じゃあとりあえず、乾杯しましょうか」

グラスを持ち上げて彼女がいった。慎也もそれに倣（なら）い、乾杯した。

「まだ名前を聞いてなかったわね」

彼女がいった。

「あ、失礼しました。初めまして、慎也です」

慎也は営業用の名刺を渡した。

「慎也くん、歳は？」

「二十一です」

「学生？」

「はい」

「わたしは、冴子よ」

「エッ⁉」

「慎也くん、水木冴子のファンみたいだから、いまふと、どうせならそのほうがいいかと思って」

驚いている慎也を見て、彼女がおかしそうに笑っていった。

「そういうこと……」

慎也は苦笑いした。

「ええ。どっちかっていうとぼく、年上好きで、彼女、タイプなんですよ」

「じゃあいっそわたしのこと、水木冴子だと思っていいわよ。そのほうがおたがいに面白くて、刺戟的じゃない？」

彼女が秘密めかしたような笑みを浮かべて思わせぶりにいう。慎也は顔を輝かせた。

「いいですね、なんかイメクラみたいで。あ、イメクラってわかります？」

「それぐらい知ってるわよ。風俗店のイメージクラブのことでしょ、女の子がいろいろな制服を着たりお客と役柄を決めたりしてエッチなことをする」

「正解！」

テレビのクイズ番組で人気の司会者がして受けている言い方とアクションを慎也が真似ると、彼女はのけぞって笑った。

慎也は気になっていたことを訊いてみた。

「冴子さんて、独身なんですか」

「人妻に見えて？」

「いえ、独身のキャリアウーマンて感じ」

「正解！」

こんどは彼女が司会者の口調を真似ていった。

「うちの倶楽部は初めてみたいだけど、ホストとか、よく呼んだりするんですか」

「一カ月くらい前が最初で、これが二回目よ」

「なにか特別なわけとかあったんですか」

「失恋したとか、欲求不満とか？」

シードルを一口飲んでから彼女が笑って訊き返す。

「あ、いや、冴子さんなら男に不自由はしないはずだからそういうのはないだろうし、こんなこと訊くべきじゃないんですけど、ついどうしてホストを呼ぶのかと思って……」

「それなら、答えは簡単よ。思いきり淫らになってセックスしたいからよ」

いままでにない艶かしい笑みを浮かべて、彼女はこともなげにいう。

これが品のない女か、見るからに好色そうな女だったらどうということもないが、知的な美人だけに慎也はドキッとさせられた。

「わたし思うんだけど」と彼女がつづけた。「本当にセックスを愉しめるかどうかは、どれだけ淫らになれるかってことにかかってるんじゃないかしら。といってもわたし自身、そう思うようになったのは最近のことなんだけど。これでもわたし、それまでは硬すぎるくらいで、その反動でセックスに対する考え方が百八十度変わっちゃったの。だけど、淫らになるといっても、ふつうの男と女の関係っていうか、恋だの愛だのってことになっちゃうとむずかしいのよ、とくに女は。彼が自分のことどう思ってるかとか、彼によく思われたいとか、セックスしてるときもそんなことを気にしたり考えたりして。その点、ホストくんが相手だと、割り切ってセックスを愉しむことだけを考えればいいし、思いきって淫らになることもできちゃう。淫らになるって、それ自体興奮しちゃうし、ふだんの自分から解放される快感もあるのよ」

水木冴子そっくりの知的な美貌には不似合いな、それだけによけいに煽情的に聞こえる話を、呆気(あっけ)に取られて聞いていた慎也は、思わず訊き返した。

「興奮、しちゃうんですか？　淫らになって」

「そうよ。淫らな女って、いや？」

「いえ、冴子さんみたいな美人なら、なんだっていいです」

ドキッとするほど艶かしい眼つきで見つめられて訊かれ、慎也がドギマギしながら答えると、彼女はふっと笑った。

「じゃあわたし、淫らになるわ。慎也くん、明かりを消して」

はい、とおかしいほど気負った返事をして慎也は立ち上がった。胸が高鳴り、早くもズボンの前が膨らんでいた。

出張ホストのバイトをはじめて一年あまりになるけれど、こんなことは初めてだった。

2

ナイトテーブルの上のスタンドの明かりだけを残して慎也は照明を消した。

彼女は窓を背にして立っていた。そのあたりは仄暗(ほのぐら)い。

「こっちにきて」

彼女にいわれて慎也はそばにいった。カーテンが開いていて、彼女の背後に都心の夜景が見えていた。

「慎也くん、電車のなかで痴漢したことってある？」

唐突に妙なことを彼女が訊く。

「え⁉　痴漢なんてしたことないけど、どうして？」

「じゃあ痴漢したいって思ったことは？」

「それはまあ、ないっていったらウソになるけど……」

「いやあね、無能な政治家の答弁みたい」

彼女が揶揄する眼つきで慎也を睨む。

「痴漢したいと思ったことはあるのね？」

「はい、あります」

慎也はおどけて答えた。

「正直でよろしい」彼女も調子を合わせていった。「わたしも正直にいうわ。痴漢されるってどんな感じなのか、いちど経験してみたかったの。慎也くんとはもう見ず知らずってわけでもないけど、今日初めて会ったばかりでまだ赤の他人だし、少しはリアルな感じが出ると思うの。さっき慎也くん、イメクラみたいだっていってたけど、ここが満員電車のなかだと思って痴漢してみて。それにわたしのこと、水木冴子だと思って」

期待と興奮の表れか、妖しく潤んだような視線を慎也にからめてそういうと、彼女は窓のほうを向き、片方の手でカーテンにつかまった。電車の吊り革につかまっているつもりらしい。

思いがけない展開と、水木冴子そっくりの彼女が痴漢に興味を持っていたことに、慎也は驚くと同時に興奮した。

都心の夜景をバックに、うつむいた彼女が窓ガラスに映っている。年齢は三十前後。かっこよくスーツを着こなした独身キャリアウーマン。そういうところも水木冴子そっくりだ。

満員電車のなかで、帰宅途中の水木冴子に痴漢するシーンを想い浮かべて胸をときめかせながら、慎也はそっと彼女に軀を密着させた。

ハッとしたように彼女が顔を上げた。黒光りしたセミロングの髪から漂う甘い匂いが慎也の鼻腔をくすぐって、彼女のヒップに突き当たっているペニスをうずかせる。

慎也はヒップに手を這わせた。タイトスカート越しに、むちっとした尻朶をそろそろ撫でる。一方の尻朶には、エレクトしたペニスが突き当たっている。

彼女は痴漢されても拒めない女を演じているつもりらしい。うつむいてヒップを微妙にもじつかせたり、尻朶をヒクつかせたりしているだけだ。

痴漢プレイでなければできないいやらしい触り方と、すっかりその気になっている彼女の反応に、慎也は新鮮な刺戟と興奮をかきたてられた。

ゾクゾクしながら、手をスカートのなかに差し入れた。パンスト越しに太腿の裏側をゆっくり撫で上げていく。彼女がもじもじと両脚をすり合わせる。

慎也は驚いた。手が肌に触れたのだ。胸が躍った。手で探って確かめた。まちがいない。彼女が穿いているのはパンストではなく、太腿までのストッキングで、それをガーターベルトで吊っているのだった。

こういう下着をつけた客は、慎也にとって初めてではなかった。いままでに何人かいた。出張ホストを呼ぶ女はセックスを愉しむのが目的だからだろう、下着は派手で際どいものが多い。

それに慣れている慎也が驚いたり胸が躍ったりしたのは、相手が水木冴子そっくりの知的な美人だからで、彼女のスカートのなかを想像しただけで勃起しているペニスがヒクついた。

それを感じてか、うつむいたままの彼女が腰を小さくくねらせる。

慎也はガーターベルトをなぞり、ヒップに手を這わせた。またしても驚いた。ショーツはTバックで、ヒップがむき出しなのだ。

胸をときめかせながら、裸の尻を撫でた。しっとりした肌。ほどよく弾力があって、むちっとしたまるみ。その感触に興奮を煽られ、尻の割れ目から股間に手を差し入れようとすると、両脚の締めつけにあって拒まれた。

それならと、慎也はスカートのなかの手を前にまわした。

両手でそうしたい衝動にかられたが、一気にそこまで大胆にやると痴漢行為らしくなくなると思い直し、片方の手だけで彼女の下腹部をまさぐった。

あわてたように、彼女の〝吊り革〟につかまっていないほうの手がスカートの上から慎也の手を制した。が、反射的にそうしただけらしい。すぐに彼女は手を下ろした。

慎也はワクワクしながら、セクシーなスタイルの下着と彼女の下腹部を探索した。

ガーターベルトの線。Tバックショーツの際どい分量の逆三角形の布。下着の間から覗いている、掌に吸いついてくるような肌。逆三角形の滑らかな布越しに感じられるザラついたヘアと、こんもりと盛り上がった肉丘(にくきゅう)……。

刺戟的な手触りや生々しい感触に、ビンビンにエレクトしているペニスが繰り返し脈動し、それを感じてだろう、彼女がヒップをもじつかせる。それもペニスにヒップをこすりつけてくるような感じで。

そんな彼女の反応に、慎也のほうが挑発されてショーツの中に手を差し入れた。直(じか)にヘアに触れた瞬間、ズキンとペニスがうずいた。

濃いめのヘアを撫でまわし、そのまま手を股間に差し向けた。

彼女は拒まない。股間に侵入した手に、ジトッとした、生々しいものが触れた。同時にギュッと、彼女の内腿が慎也の手を締めつけた。

慎也は窓を見た。顔を起こした彼女が映っていた。

興奮が浮きたったような表情をしている彼女の、妖しく濡れた眼と、眼があって慎也は圧倒された。同時に興奮をかきたてられて、早くも蜜があふれているクレバスを指でまさぐった。

とたんに彼女はうろたえたような表情になって下を向いた。そしてふっと、太腿の締めつけを解いた。

慎也は指先にクリトリスをとらえてこねた。クリトリスはすでに指でコリッとした感触を知覚できるほど、勃起している。

すぐに彼女がいままでにない反応を見せはじめた。腰を怯えたように小さく振りながら、顔を上げたり伏せたりしている。まだ電車のなかで痴漢されて乗客の眼を気にしているつもりらしい。顔を上げたときは必死に平静を装っているような表情をして、伏せたときは喘ぎそうなようすを見せている。

クリトリスをこねつづけているうち、彼女の息遣いが荒くなってきた。慎也の手とペニスで前後から挟まれている恰好の彼女の腰が、小刻みに律動しはじめた。いかにも快感をこらえきれなくなったという感じの、いやらしい腰つきだ。

慎也は指先でクレバスをまさぐった。ヌルっとした膣口をとらえ、まるくこねた。クチュ、クチュと卑猥な音が響くような感じで、膣口が繰り返し喘ぐように収縮弛緩する。

「ああッ、もうだめッ！」

彼女が昂った声でいうなり腰をひねって慎也のほうに向き直った。

「脱いで」

さっきよりもさらに興奮の度合いが強まったような表情と眼で慎也を見つめていうと、自分からスーツを脱ぎはじめた。

それを見て慎也も手早く服を脱いでいった。

3

ボクサーパンツだけになった慎也につづいて彼女も下着姿になった。黒で統一された刺戟的なスタイルの下着は、彼女が脱いでいる途中でシースルーのブラに包まれた形のいい乳房を見て予想したとおり、Tバックショーツもシースルーだった。

逆三角形の布の下に透けているヘアに、慎也は眼を奪われた。黒々と繁っていて、知的な美人に似合わないいやらしさがある。欲情を煽られて、怒張にさらに血が漲った。

しかも彼女はガーターベルトのような下着がよく似合う、素晴らしいプロポーションをしている。それに履いている黒いパンプスがハイヒールのため、脚の線とヒップラインが思わず見とれるほどきれいで、悩ましいスタイルの下着とあいまって、たまらないほど官能的だ。

「あら、慎也くんのパンツの前、ヒクヒクしてるわよ」

彼女が色っぽい笑みを浮かべて両腕を慎也の首にまわしてきた。

「だって、痴漢プレイにつづいてこんな刺戟的な下着姿見せられたら、たまんないですよ」

慎也は苦笑いしていうと、両手で彼女のヒップを引き寄せた。彼女は悩ましい表情を浮かべてのけぞり、ふるえをおびた喘ぎ声を洩らした。

慎也はキスにいった。が、キスはいやなのか、彼女は顔を振って拒んだ。

「わたしもよ。慎也くんの痴漢、いやらしかったから、もうたまんないわ」

艶かしい眼つきで慎也を見つめたまま、パンツの前を突き上げている強張りに下腹部をこすりつけてきながらいうと、慎也の胸に唇を這わせてきた。

キスはいやでもセックスは積極的に愉しみたいらしい。知的な美貌に欲情の色が浮きたっている。

彼女の舌が乳首を舐めまわす。くすぐったさに慎也が身をよじると、そのまま舌が這い下りて、彼女はひざまずいた。

するに任せて慎也が見下ろしていると、露骨に突き出たパンツの前に両手を這わせ、強張りを撫でまわす。それもときおり慎也を挑発するような色っぽい眼つきで見上げながら、怒張の感触を確かめ、味わうような手つきで。

さらに突起に頬ずりし、パンツの上から怒張を甘噛みする。慎也がゾクッとして喘ぐと、発情したような眼つきで彼を見上げ、こんどはドキッとさせられる。

パンツから口を離し、突起を凝視したまま、両手でパンツを、それを楽しむかのようにゆっくり引き下げていく。

ブルンと大きく弾んでペニスが露出すると同時に彼女が喘ぎ声を洩らした。

腹を叩かんばかりにいきり勃っているペニスに、彼女は見入っている。おずおずという感じで肉棒に両手を添えると、光沢(こうたく)のあるローズレッドの口紅が艶かしい唇を亀頭につけて、舌をからめてくる。ねっとりと亀頭を舐めまわす。

ついでペニスの先から根元まで、それに周囲も満遍なく、顔を右に左に傾げながら唇と舌を戯れさせるようにして繰り返しなぞる。

そして咥えると、緩やかに顔を振ってしごきながら、陰嚢を手でくすぐるように撫でまわす。それもちらちら慎也を見上げて挑発するような視線をからめてきながら、ときおりしごくのをやめ、口から出したペニスをいかにも美味しそうに音をたててしゃぶり、また咥えてしごくのだ。

慎也は彼女を見下ろしたまま、油断したとたんに暴走しかねない興奮と快感を必死にこらえていた。

いままで慎也が相手をした客のなかには、彼女以上に貪欲にフェラチオした女は何人もいたし、アヌスまで舐めまわす女もいたが、彼女たちはみんな、そういう行為をしてもそれほど意外には思えないタイプだった。

だから、慎也としては余裕を持ってその行為を受け止めることができたのだが、いまはそうはいかなかった。まるで男に飢えたようにペニスをしゃぶっている彼女を見ているうちに、ホンモノの水木冴子にそうされているかのような錯覚に陥ってたまらなくなり、もう我慢も限界に達していた。

そのとき彼女がペニスから口を離した。淫らになると興奮するといっていたが、フェラチオしているうちにますますそうなったらしい。興奮に酔ったような表情で慎也につかまって立ち上がると、両腕を首にまわしてきた。

「ああ、もうしたい。慎也くんのビンビンのコレ、ほしいわ」

軀をくねらせて、いきり勃っているペニスに下腹部をこすりつけながら、慎也の耳元であからさまなことを、艶めかしい声で囁く。

慎也は興奮を煽られていった。

「その前に、こんどはぼくが舐めてあげますよ」

「舐めるの、あとでいいわ。もう我慢できないの。いますぐしたいの。立ったたま、後ろからして」

そういうと彼女はライティングデスクの前にいき、デスクに両肘をついてヒップを突き出した。

いきなり立ちバックか⁉　慎也は呆気に取られながらも欲情をかきたてられて彼女の後ろに立った。

黒いガーターベルトとTバックショーツが煽情的なヒップが、くっきりとハートを逆さにした形を描いて、むっちりとした尻朶の間にショーツの紐が食い込んだ秘苑が覗いている。

ショーツが食い込んで、毛の生えた楕円形の肉の膨らみを二分しているその眺めに、ペニスがうずいてヒクつくのをおぼえながら、慎也はショーツを下ろしていって、ハイヒールのパンプスを履いた足から抜き取った。

尻朶の間に覗いている性器は、知的な美貌に似ずいやらしい感じだ。肉びらの色が濃いめの赤褐色で、そのやや肉厚な形状が貪欲な唇を連想させるからか。それに性器を縁取るようにヘアが生えているせいもあるかもしれない。

その、知的な美貌に似ずいやらしく見えるところが、慎也の欲情を煽った。怒張を手にして、慎也はふと思った。このますんなり入れたのではおもしろくない。焦らしてやれ。

彼女の腰に手をかけると、亀頭で肉びらの間をまさぐった。ヌルヌルしたクレバスを、クリトリスと膣口を、刺戟するようにこする。

「ああッ、きてッ。ウウンッ、だめッ、入れてッ」

彼女が焦れったそうな口調と腰つきで求める。

慎也はなおも濡れた音を響かせてクレバスをこすりながらいった。

「どこになにを入れてほしいの？　思いきりいやらしい言い方でいったら、入れてあげるよ」

若い慎也が中年男のようなことをいったからか、彼女は驚いたようなようすを見せた。

こうやって女を焦らして卑猥なことをいわせようとするやり方は、そうされるのが好きな客から教えられたことで、慎也の発想ではなかった。

セックスするときは淫らになりたいといった彼女でも、さすがにこういうのはいやなのかと思っていると、

「アアン、慎也くんのオ×××ン、オ××コに入れてッ。ビンビンのオ×××ンで、オ××コ突いてッ」

彼女が昂った声であからさまなことをいった。

慎也は興奮のあまり逆上したようになって彼女に押し入った。ヌルーッとぬかるみのなかに怒張が滑り込む。彼女が感じ入ったような喘ぎ声を洩らした。

慎也は彼女の腰をつかんで突きたてた。それに合わせて彼女がきれぎれに感じ入ったような喘ぎ声を洩らす。

「冴子さんのオ××コ、名器ですね。この、メッチャくすぐられる感じ、カズノコ天井ってやつじゃないですか」

慎也は律動しながらいった。お世辞ではなかった。彼女のそこは締まりがよ

く、しかも膣の上側がザラついていて、濡れそぼっていてもペニスがくすぐられるのだ。

「アアンいいッ。オ××コいいッ、気持ちいいッ」

彼女がよがり泣くような声で快感を訴える。

「イク?」と慎也は訊いた。名器に快感をかきたてられて、もう自分のほうが発射したくなっていた。

彼女が強くうなずき返す。慎也は我慢を解き放って激しく突きたてた。彼女が弾むような泣き声をあげる。快感の塊がペニスに押し寄せる。

慎也は発射を告げてさらに突き入った。彼女が呻いてのけぞった。

しびれるような快美感に襲われてペニスが跳ね、スペルマが勢いよく迸る。それに合わせて彼女が軀をわななかせながら、泣き声で絶頂を訴える。

4

交替でシャワーを浴びたあと、ふたりはビールを飲んでいた。

「さっき、最近になってセックスに対する考え方が百八十度変わったとかいってたけど、なにか特別なことでもあったんですか」

慎也は気になっていたことを訊いてみた。

「うーん、特別なことっていうか、きっかけになることはあったけど、でもそれより、わたし自身が原因でしょうね」

彼女は自嘲するような笑みを浮かべていった。

「仕事に追われてるうちに男と付き合うのも面倒になって、フラストレーションも溜まってたし、それにすべてのことをパーフェクトにやろうとしてきた自分に疲れちゃって、せめて仕事以外、とくにセックスの面ではハメを外したくなってきたの。いま慎也くんと愉しんでるみたいにね。慎也くん、わたしの前に立って、バスタオルを取って」

最後に謎めいた笑みを浮かべていうと、椅子に座ったまま彼女もバスローブの紐を解いていく。

「どうするんですか」

慎也はいわれたとおりにして訊いた。

「王様ゲームみたいなものよ。わたしを見ててペニスがエレクトしたら慎也くんの負け。エレクトしなかったら勝ち。で、勝ったほうが負けたほうになんでも命令できるの」

「冴子さんの裸を見ていて？」

「裸だけだと、もう一度射精してる慎也くんのほうが有利でしょ。公平を期すために刺戟的なことをして見せてあげるわ」

秘密めかしたような笑みを浮かべていうと、彼女はバスローブを脱いだ。すると驚いたことに、全裸で椅子の肘掛けをまたいだ。

いきなりの大股開きに慎也が眼を見張っていると、片方の手を乳房に、そして一方の手を股間へと這わせる。

そこで慎也もわかった。——オナニーを見せつけて挑発するつもりなのだ。

露出願望もあるのか!? 驚いて慎也が見守っていると、彼女が悩ましい表情を浮かべてせつなげな声を洩らしはじめた。片方の手は形よく盛り上がった乳房を揉むと同時に指先で乳首をくすぐり、一方の手は中指の先でクリトリスのあたりをこねている。

ゲームに勝って彼女に命令してみたい気もするが、彼女がどんなことを命令するのかも見てみたい。勝っても負けてもいいと慎也は思った。

ところがたちまち勝ち目はなくなった。どう見ても本気でふけっているとしか思えない彼女のオナニーに、若くて元気なペニスはすぐに正直に反応しはじめたのだ。

彼女は中指でクレバスをこねまわすようにしてクチュクチュと湿った音をたてながら、腰をいやらしくうねらせて、たまらなそうな声を洩らしている。

慎也の分身はムクムク勃って、みるみるうちに反り返るまでになった。

「アアン、わたしの勝ちよ。慎也くん、舐めて」

彼女が昂った声でいった。

慎也は彼女の前にひざまずくと、両手で肉びらを分けた。刺戟されて勃起しているせいだけでなく、もともと大きめらしいクリトリスと、その下に入口付近の粘膜がめくれたような膣口があらわになった。

サーモンピンクの粘膜が濡れ光っているクレバスに、慎也は口をつけた。

彼女がふるえをおびたような声を発してのけぞった。

大振りなクリトリスを舌でこねまわしながら、慎也が上目遣いに見ると、苦悶の表情を浮かべて繰り返し狂おしそうにのけぞりながら、泣くような喘ぎ声を洩らしている。

慎也の仕事柄、ときには舐めたくもない女や、舌がしびれるほど舐めてもイカない女の相手をしなければならないこともある。

そんな経験から身についた、慎也のクンニリングスのテクニックにかかれば、オナニーで高まっていた彼女はひと溜まりもなかった。慎也の頭を抱え込んでのけぞると、よがり泣きながら絶頂を告げて腰を律動させた。

慎也は立ち上がると、放心したような表情で息を弾ませている彼女の横にいって、口元に怒張を突きつけた。

彼女は怒張に両手を添え、まるで貪るように舐めまわした。そして咥えると、せつなげな鼻声を洩らしながらしごきたてる。

それればかりか、大股開きの状態のままの下半身をもじつかせている。フェラチオしながらひとりでに腰が動くほど、興奮し欲情しているのだ。

慎也は腰を引いた。口から抜け出たペニスが大きく弾み、彼女が昂った喘ぎ声を洩らした。

慎也は彼女の前にまわった。中腰になり、怒張でクレバスをまさぐって押し入った。それだけで達したような声を放った彼女を抱きかかえると、そのまま立ち上がってベッドに移った。

対面座位の体位を取り、慎也は怒張を抜き挿しして見せつけた。

「アアッ、入ってるッ、いやらしい！　でも、いやらしいの好き！」

ヌラヌラと濡れ光った肉棒が貪婪な唇を連想させる肉びらに咥えられて出入りする生々しい眺めに、興奮しきった表情で見入ったまま いいながら、彼女も腰を使う。

いやらしいのが好きだというだけあって、その腰つきがなんともいやらしい。慎也が見とれていると彼女がしがみついてきて、狂ったように腰を振りたてはじめた。


慎也は腰にバスタオルを巻いて浴室から出てくると冷蔵庫から缶ビールを取り出し、テレビのスイッチを入れてチャンネルを選んだ。

いきなり水木冴子の顔が画面に現れてドキッとして、慎也は苦笑した。

水木冴子がキャスターをしているニュース番組は、月曜から金曜日にかけて毎晩十一時からはじまる。

あの水木冴子そっくりの女と出会ったのは、一昨日の土曜日の夜だったため、慎也は月曜日にテレビで水木冴子を見るのを愉しみにしていた。

ところが月曜日のこの日、たまたまその時間帯に客が入った。そこで慎也はテレビで水木冴子を見るため、客と一緒にシャワーを浴びて、その三十代半ばの人妻を浴室で翻弄して絶頂に追いやり、自分だけ先に出てきたのだ。

それにしてもよく似てる。似てるなんてもんじゃない、瓜二つだ。

画面の水木冴子に眼を奪われたまま、慎也はあらためて思った。彼女は慎也にとって、出張ホストとしてだけでなく、いままで最高の女だった。

あの夜、慎也は彼女にこんどは自分を指名してほしいと頼んだ。すると彼女は笑っただけで、はっきりしたことはいわなかった。

それでも慎也は、断られなかったことで淡い期待を抱いていた。二度目にクライマックスを迎えたあと、「慎也くんのセックス、最高よ」と彼女がうっとりとしていってくれたことも期待につながっていた。

テレビの水木冴子を見ながら先日の彼女とのセックスを思い出していると、それだけでペニスがバスタオルの前を持ち上げてきていた。

そのとき慎也は思わず、手にしている缶ビールを落としそうになった。テレビの画面に「増えつづける痴漢犯罪の実態！」という文字が躍ったからだ。

画面には痴漢常習者と名乗る男が顔を隠して現れ、加工された声で水木冴子に訊かれるままその手口や痴漢しているときのようすを話していた。

　水木冴子はあきれたり憤慨したりしながら男の話を聞いていたが、慎也はそんなことよりもそのドキュメンタリーがシリーズの二回目で、水木冴子と痴漢の接点が少なくともあの日より前にあったとわかって驚愕していた。

　そしてふと、あのとき妙に感じたことを思い出した。

「水木冴子がこんなことをすると思う？」

　彼女にそういわれたとき、慎也はなんとなく引っかかった。――こんなことだなんて、どうして自分のことを卑下するような言い方をするんだろうと。

　それがいま、ようやくわかったような気がした。彼女が水木冴子本人で、人違いだと思わせようとするあまり、そんな言い方をしたのではないか。

　そうだ、彼女は水木冴子本人だったんだ。彼女、取材しているうちに痴漢に興味を持ったのかも。それで痴漢プレイを求めてきたのだ。

　画面に映っている水木冴子と先日の彼女がまざまざと重なり合ってきたとき、慎也の股間に手が伸びてきた。

「すごいッ。もうこんなになっちゃってる。どうして？」

　いつのまにか浴室から出てきた人妻が、バスタオルの下に差し入れた手でエレクトしているペニスを弄(いじ)りながら、うれしそうな表情と声で訊く。

慎也はテレビ画面を指さしていった。

「彼女とセックスしたときのことを思い出してたら、勃っちゃったんですよ」

「エーッ。いやァね、冗談きついわよ」

人妻は笑ってのけぞった。

「そういえば、この番組わたしもときどき見るんだけど、少し前、女が男を買う時代とかってテーマで、出張ホストのこともやってたわよ」

慎也は茫然（ぼうぜん）となった。人妻の舌がペニスにからんでくるのを感じても茫然としたままだった。

黒い嫉妬

1

……個室のなかで、際どいミニドレスを着た幸恵が、客の男と向き合って立っている。

男はまだ若い。二十代前半か。男のほうは腰にバスタオルを巻いただけの恰好だ。

幸恵が挑発するような色っぽい笑みを浮かべて男を見つめる。そのまま、ミニドレスを、これも挑発するような仕草で脱いでいく。

結婚して七年になるが、そんな幸恵の表情や仕草を、笠井は見たこともない。

そこにいるのは、笠井の知らない妻だ。

ショーツまで脱いで全裸になった幸恵の軀は、結婚前とさして変わらない均整の取れたプロポーションを保っているせいか、三十二歳にしては若々しい。とくに乳房は五歳になる子供がいるとは思えないほど張りがあって、形よく盛り上がっている。

ただ、目に見えて肉がついてきたという感じはなくても、ウエストのくびれから悩ましくひろがっている腰の線は、明らかに二十代の頃とはちがっている。といっても崩れているわけではない。見るからに熟したという感じで、それがむんむんするような色気になっている。

それに下腹部を飾っているヘアがやや濃いめで黒々としているため、色っぽい下半身がいやらしいほど官能的に見える。

客の若い男も、年上の、それも人妻の熟れた裸を見て欲情をかきたてられたらしい。興奮しきった顔つきになって、股間のモノはバスタオルの前を突き上げている。

幸恵が甘えかかるように男の首に両腕をからめていく。

男も幸恵を抱く。

幸恵が鼻にかかった喘ぎ声を洩らしていやらしくヒップをくねらせる。その声も腰つきも、男を挑発するためだけとは思えない。若い男の強張りを下腹部に感じて、本気で刺戟されているようだ。

そんな妻を見て、笠井は胸が張り裂けんばかりの嫉妬をかきたてられる。

そんなことにはおかまいなく、幸恵はそのまま裸身をくねらせながら男の前にひざまずくとバスタオルを取る。むき出しになったペニスは、若いだけにとても三十六歳の笠井では太刀打ちできないほどいきり勃って、腹を叩かんばかりになっている。

それに両手を添えた幸恵が、「逞しいのね。たまらないわ」とうれしそうに甘い声でいって、ドキッとするほど色っぽい目つきで男を見上げ、肉棒に舌をからめていく。しかも、うっとりとした表情を浮かべて、さも美味しそうに舐めまわす。

笠井は嫉妬のあまり気が狂いそうになって思わず叫んだ。

「やめろッ！」

その瞬間、目が覚めた。

「またか……」

笠井はつぶやいた。

夢を見ている間中、のたうちまわるような嫉妬にかられていたため、まだ息が弾み、頭がボーッとして胸が締めつけられるような感覚が残っていた。

それでいて、ペニスは勃起していた。

こんな夢を見たのはこれが初めてではない。この一カ月あまり、これと同じような夢をなんども見ている。

ただ、初めのうちは気も狂わんばかりの嫉妬にかられるだけで、ペニスが勃起するようなことはなかった。それがここにきて必ず勃起するようになった。

初めてそんなことになったとき、根が生真面目(きまじめ)な笠井はひどくうろたえた。妻がほかの男と裸で抱き合ったり、男のモノをしゃぶったりしているのを見て嫉妬に狂っていたというのに勃起するなんて、俺は一体なにを考えてんだ、変態じゃないか⁉

事実、自分でもなにを考えていたのかわからなかった。だが勃起した理由はわかっていた。ひどくうろたえたのはそのためだった。

夢のなかの笠井は、あろうことかそんな妻を見て嫉妬に狂いながらも、異常な興奮に襲われて欲情していたのだ。それは笠井自身、それまでに経験したことのない、身を焼かれるような興奮だった。

どうしてそんな興奮に襲われるのか、このところ妻の夢を見るたびに同じ状態に陥(おちい)っていても、笠井自身よくわからない。

笠井の気も狂わんばかりの嫉妬のなかには、遣り場のない怒りもある。それが異常な興奮にすりかわるのではないか。そうは思っても、これまた、なぜそうなるのか理解できない。

勃起したペニスに——というより、まだその余韻が醒めやらない興奮に戸惑いながら、笠井は枕元の時計に眼をやった。すでに十二時をまわっていた。

このところ笠井は昼ちかくまでベッドのなかにいることが多い。失業して一年あまり経つうち、すっかり無気力になってきている。

この日も、一粒種の詩織に「パパ、いってきます」と幼稚園にいく前に揺り起こされたあと、また寝入ってしまったらしい。

起きようとしたとき、寝室のドアが開いた。妻が入ってくるのを見て、笠井はとっさに眠ったふりをした。ちらっと眼にした幸恵は、軀にバスタオルを巻いただけの恰好だった。

幸恵も午後には出かける。その前にシャワーを浴びてきたようだ。笠井が薄目を開けて見ると、幸恵はドレッサーの鏡に向かって化粧をはじめていた。

いやな夢を見たあとだけに、しかもこれから幸恵がその夢と同じようなことをするのだと思うと、バスタオルを巻いた恰好でスツールに腰かけているその後ろ姿がたまらなく色っぽく、そのぶんよけいに妬(ねた)ましく見えてやりきれない気持ちになる。

幸恵は化粧に熱中している。勤めに出るようになってだんだんと化粧が濃くなってきたようだ。

変わってきたのは化粧だけではない。短期間に幸恵はすっかり変わった。まるで別人になったように——。

そんな妻を見ていると、笠井は妻のことがわからなくなる。妻のなかにもう一人、笠井の知らない別の女がいたとしか思えない。

といって、そう思えばすむことではない。妻がどんどん手の届かないところにいってしまうようで気が気ではない。

やっぱりあのとき、どんなことをしてもやめさせておけばよかった……。

念入りに化粧をしている妻の後ろ姿を盗み見ながら、笠井はいまさらながら後悔した。

2

幸恵が突然、風俗店で働くといいだしたのは、二カ月ほど前のことだった。

まさか妻がそんな突拍子もないことをいいだすとは想像だにしなかった笠井は、仰天した。かりにそれが風俗店でなく、バーやクラブといった水商売だったとしても、笠井が受けたショックは似たようなものだっただろう。

幸恵はそういう世界とはあまりにもかけ離れたタイプの女だった。

少なくとも笠井はそう思っていた。

笠井と幸恵は結婚するまで同じ証券会社に勤めていた。笠井は営業部、幸恵は総務部だったが、幸恵が入社したときから一目惚れした笠井の三年越しの真摯で熱烈なアタックが実って、ふたりは結ばれた。

ふたりの結婚に、社員たちは一様に驚きを隠さなかった。いまでいえば女優の広瀬すずに似たタイプで男性社員にモテモテだった幸恵と、見てくれのパッとしない真面目だけが取り柄の笠井との組み合わせが、あまりにも意外だったのだ。

それだけに笠井は幸恵がプロポーズを受け入れてくれて、「結婚相手は笠井さんのような誠実な人が理想だった」といってくれたときは歓喜のあまり舞い上がった。そして、けっして大袈裟ではなく、人生最大の仕事を成し遂げた、自分は世界一幸せな男だと心底思ったものだった。

幸恵は結婚を機に会社を辞めて、専業主婦におさまった。笠井の唯一の取り柄を気に入ってくれた幸恵も堅実な性格で、もともと家庭的なところがあったらしく、妻としては理想的なタイプだった。

それから二年後に長女の詩織が生まれて、その後も親子三人の生活は順風満帆だった。

ところが一昨年の暮れに思ってもみなかったことが起きた。笠井の勤めていた会社が倒産したのだ。連日トップニュースになるほどの大型倒産だった。

失業した笠井は、再就職の口を求めて奔走した。ところがこの不況でおいそれとはいかなかった。

毎日肩を落として帰宅する笠井を、生活のほうは半年くらいならなんとかなるし焦ることはない、そのうち景気もよくなって仕事が見つかると、幸恵は慰め励ましてくれた。

しかし、いっこうに景気回復の兆しがないまま、半年どころか、またたくまに一年あまり経ってしまった。

笠井は再就職口を探して愕然とする思いを重ねているうちに、しだいにやる気を失っていった。

それより前に、幸恵はもう慰めや励ましの言葉を口にしなくなっていた。そんなことをいっていられないほど、生活が逼迫してきていたのだ。会社が倒産する前に購入したマンションもこの不況で売るに売れず、ローンの支払いも大きな負担になっていた。

幸恵がとんでもないことをいいだしたのはそんな事情があったからだが、仰天した笠井はひどくうろたえていった。

「バカなことをいうもんじゃないよ。第一おまえ、そういう店がどういうことをするところかわかってるのか⁉」

「もちろんわかってるわ、友達の奈央からいろいろ聞いて。いままであなたにはいわなかったけど、奈央、うちと同じようにご主人の会社が倒産して、それでいま、ファッションヘルスで働いてるの」

幸恵は落ち着き払っていった。

奈央というのは幸恵の学生時代からの親友で、夫はコンピュータソフトを開発する会社を経営している、と笠井は幸恵から聞いていた。その会社が倒産したというのは、初耳だった。

夫同士は面識はないが、妻たちはおたがいの自宅を行き来していたので笠井も奈央とはなんどか会っていた。奈央はどことなく色っぽい、個性的なタイプの美人だった。

　その奈央が夫の会社が倒産したためにファッションヘルスで働いていると聞いて笠井が驚いていると、幸恵がいった。

「不況のせいで、いまは風俗で働く主婦が増えてるらしいの。奈央が働いてる店なんてみんなそうだって。わたし奈央と同じ店で働こうと思ってるの」

「思ってるっておまえ、男の相手をするんだぞ。それでも平気なのか⁉」

　笠井は激昂し顔を紅潮させていった。

「平気なわけないでしょ。わたしだって悩んだのよ、そんなことしていいのかって。それにあなたが反対するに決まってるって。だけどこのままではとてもやってけない、なんとかしなければって」

　幸恵も感情的になっていいつのった。

「だからって、なにも風俗で働くことはないじゃないか」

「じゃあどこで働けばいいの？　再就職なんてとても無理よ。かりに仕事があったとしてもパートぐらいしかない。でもそれじゃあとてもやっていけないってこと、あなたが一番わかってるでしょ」

　自分の不甲斐なさを突かれて笠井はカッとなり、思わず「うるさいッ」と怒鳴りそうになった。が、怒鳴るどころか、うなだれてしまった。

笠井にはいまだに妻に対して惚れた弱みがあって、なにごとにつけても一歩引くところがある。習性のようになっているそんな一面がこんなときにまで顔を出して、感情の爆発にブレーキをかけたのだ。

それに苦しい生活状態にしても、主婦が働きに出ることについても、妻のいうとおりで反論の余地はなかった。

だが風俗となると話はべつだった。妻が客の男と淫(みだ)らな行為をするなんて絶対に許せることではない。といって、じゃあどんな仕事があるっていうの？　親子三人の生活をどうするの？　と幸恵に迫られたら答えようがない。

うなだれた笠井の胸のなかで、遣り場のない怒りや嫉妬や苛立ちが渦巻いていた。するとまた幸恵がいった。

「わたしだって、なにも好き好んでそんな仕事するっていってるんじゃないの。仕方ないからよ。もちろんあなたの気持ちはよくわかるわ。でもお客とセックスするわけじゃないから。それにわたし、そんな仕事しても絶対に気持ちは変わらないから……ね、わかって」

静かな口調で諭すようにいわれると、笠井はよけいに言葉を失った。それ以上に、そこだけは妻もいいにくそうにいった「お客とセックスするわけじゃないから」という言葉に激しくうろたえて、身体を焼かれるような嫉妬をかきたてられながらも妻の顔をまともに見ることができなかった。

ところが幸恵はそれで笠井がわかってくれたと思ったらしい。数日後には親友の奈央と同じファッションヘルスに勤めはじめたのだった。

3

あのとき俺は逃げたんだ。化粧に熱中している妻を見ながら笠井は思った。幸恵が突きつけてきた現実から……。

そのことと、すべてに無気力になっているいまの自分が重なって、笠井の気持ちは重く沈み込む。まるでコールタールに浸かっていくように。

この一カ月あまり、笠井はそうやって嫉妬をかきたてられたり落ち込んだりしてきた。

ところがそれにひきかえ、ファッションヘルスに勤めだしてからの幸恵は初めのうちこそ戸惑いや夫に対する気遣いもあってか疲れているようすだったが、わずかの間に変わってきた。それもあろうことか、以前よりも潑剌（はつらつ）としてきた感じなのだ。

そんな妻を見ていると、ほかの男とセックスまがいのことをするのが愉しくなってるんじゃないか、と笠井は不安になり、よけいに嫉妬にかられるのだった。

勤めに出るために化粧をする妻を見ているいまもそうだった。

幸恵がスツールから立ち上がった。笠井のほうを振り向いた。あわてて笠井は眼をつむった。

ちょっと間をおいて薄目を開けて見た。ドキッとした。いきなりショーツ一枚の幸恵の後ろ姿が眼に入ったからだ。

夫が妻のそんな姿を見てドキッとするというのも妙だが、笠井は幸恵がファッションヘルスに勤めるようになってからこの一カ月あまりの間、いちども幸恵を抱いていない。

ほかの男とセックスまがいの行為をしてきた妻を抱く気がしないというのではない。笠井のほうにたじろぐ気持ちがあって抱けないのだ。

そのため裸も見ていない。ドキッとしたのは、上半身だけとはいえ久しぶりに妻の裸を見たせいだった。

それに笠井が見たこともないショーツを幸恵が穿いていたためでもあった。

薄紫色のシースルーのショーツの下に透けている、むっちりとしたヒップを見て、笠井は跳ね起きた。

弾かれたように幸恵が振り返った。

「やだ、あなた起きてたの!?」

驚いた妻の表情が、それだけではなく、なにかいけないことをしているところを見つかってうろたえたようにも見えて、笠井の衝動的な欲情をよけいにかきたてた。

笠井は押し黙って妻を抱き寄せるなりベッドに押し倒した。

「アッ。やだ、どうしたのよォ」

戸惑う妻にかまわず乳房にしゃぶりつき、両手で揉みしだきながら、乳首を吸いたて、舌でこねまわす。

「アンッ。そんなァ、だめよォ。わたし出かけなきゃ……だめだってば、時間がないんだからァ」

弱々しく抗(あらが)いながら困惑したようにいう妻に、笠井はカッと熱くなって思わず、そんなに男とイチャつきにいきたいのか!? といいそうになる。そういえないぶん乳房を揉みたてる手つきと乳首をこねまわす舌の動きが荒っぽくなった。

幸恵がきれぎれにせつなげな喘ぎ声を洩らしはじめ、腰をうねらせて、笠井のパジャマのズボンのなかの強張りに下腹部を押しつけてくる。

妻の言葉を信じれば、仕事ではセックスがいのことをしても挿入まではしていないはずで、久しぶりだからたまらなくなってきたのか。

そう思いながらも、笠井は嫉妬をかきたてられる。客の男にもこんないやらしい腰つきをしているのではないか。そんな妬ましい疑惑が頭をもたげてくるからだ。

「ね、もっとやさしくして」

幸恵が息を弾ませながらいった。

艶めかしい声につられて笠井は顔をあげた。欲情したような表情の妻と眼が合った。とたんに内心を見透かされたような気がしてうろたえ、あわてて妻の下半身に向けて軀をずらした。

薄紫色のシースルーのショーツの中心部がこんもりと盛り上がって、黒々としたヘアが透けて見えている。妻を見やると、ときめいたような表情を浮かべて顔をそむけている。

笠井はむしり取るようにしてショーツを下ろした。幸恵もその気になって、というより期待しているらしく、自分から交互にショーツから足を抜き、脚を開かせる笠井のするがままになった。

黒々と繁茂(はんも)したヘアの下に、秘苑があからさまになっている。淑(しと)やかな顔立ちに似ず、幸恵のそこの眺めは、猛々(たけだけ)しさといやらしさを併(あわ)せ持っている感じだ。性器を縁取るように生えたヘアのせいもあるが、それだけではない。肉びらがやや黒みがかった赤身肉のような色をして、ぼってりとしているためもある。

そういう顔に似ない猛々しさといやらしさが、いままでは笠井の興奮を煽り欲情をかきたてたものだった。

ところがいまの笠井は妻の秘苑を前にしてたじろぎ、うろたえていた。ここにほかの男のモノを受け入れなくても、何人もの男に舐めまわされたり弄(いじ)られたりしているのだと思うと、身を焼かれるような嫉妬に襲われて、妻のそこが恐ろしいほど淫猥に、もはや自分の手の届かないもののように見えてきたからだった。

「そんな、いや……」

幸恵が戸惑ったような声を洩らして焦れったそうに腰をうねらせた。

笠井はあわてて両手で肉びらを分けた。幸恵の息を吸い込むような喘ぎ声と一緒にぱっくりと開いたそこは、もうジトッと濡れていた。

そればかりか、柔襞が重なりあったような秘口部分が、まるで軟体動物が蠢くような収縮を繰り返している。

その煽情的な蠢きが自分を嘲笑っているように見えて笠井はまたしてもたじろぎ、そこに口をつけることができない。それに焦ってもいた。たじろいだとたんにみるみるペニスが萎えてきたからだ。

「もういい」

笠井はそういうなりベッドを下り、逃げるようにして寝室から出た。

4

「お客さんてこういうお店、初めてなんじゃないですか」

緊張している笠井を見てそう思ったらしく、琴美というヘルス嬢が訊く。

笠井は苦笑いして、ああ、と答えた。苦笑いもぎこちないものになった。

「でもよかったわ、お客さんみたいな人に当たって。初めてのお客さんて、もう最初から息なんか荒くしちゃって入れ込んでる人とかけっこういるの。わたしガツガツしてる人って苦手だから」

琴美は笑っていうと、笠井にシャワーを浴びようとうながして、個室の隅の簡易トイレのようなボックスの前に連れていった。

ここは『人妻秘蜜倶楽部』という店名のファッションヘルスで、幸恵がいる店ではなかった。幸恵が勤めているのは、『昼下がりの人妻』という思わせぶりな名称の店だった。

琴美にもいったとおり、笠井はこういう店にきたのは初めてだった。それどころか、いままで風俗と名のつく店にきたこともない。そのためファッションヘルスという風俗の業種があることは知っていたが、そこで女が男にどんなサービスをしているかということはほとんど知らないも同然だった。

ただ、幸恵がファッションヘルスに勤めるようになってからは、どんなことをしているのか気になって矢も楯もたまらず、なんどとなくその種の店を覗いてみようと思った。

ところがいままで浮気心さえ持ったことがない笠井は、店の前までいっても足を踏み入れることができなかった。その勇気がなかったこともあるが、それ以上に幸恵がどんなことをしているのか知るのが怖かったからだった。

だが昨日、妻との間に起きたようなことがあると、もはやそんなことはいっていられなかった。

　妻がどんなことをしているか、想像しているだけでどんどん妄想が膨らむ。そのぶん、ますます嫉妬をかきたてられて、このままでは気がおかしくなる。地獄だ。

　逆にそんな強迫観念にかられて、どうせなら幸恵と同じ人妻がいる店のほうがいいと思い、この店に足を踏み入れたのだった。

　店のパネルに出ている写真を見て笠井が指名したのは、琴美というヘルス嬢だった。

　琴美は二十五歳の人妻ということだが、幸恵や友達の奈央たちより年齢が若いというだけでなく、タイプからしてまったくちがっていた。そこそこの美人だが茶髪のロングヘアといい、もともとこういう店が似合っているような色気を漂わせているところといい、できれば素人っぽい女を指名したかった笠井の希望とはかけはなれていた。それでもこの店にいる女のなかではましなほうだった。

　妻以外の女の前で裸になることに気後れしながら笠井が着ているものをすべて脱ぐと、琴美もピンク色のパスローブをマイクロミニ丈(たけ)にしたような衣装を脱ぎ落とした。

笠井は眼の遣り場に困った。いきなり目の前にグラマーな裸身が現れたからだ。

ただ、かろうじて局部を隠すピンク色のショーツをつけている。

「どうぞ」といって琴美がボックスの扉を開けた。そこがシャワー室らしい。

笠井が両手で下腹部を押さえてなかに入ると、琴美も入ってきた。狭いスペースで琴美と向き合うと、笠井はドギマギした。

琴美はシャワーヘッドを手にして、湯加減をみた。

「じゃあ洗いますね」

そういうと、シャワーのお湯を笠井の胸から下腹部にあてる。股間を隠しているわけにもいかず、笠井は両手を軀の脇にやった。お湯が陰毛からペニスにかかる。

琴美はソープを泡立てると、こともなげに笠井の股間にまぶしていく。そして、ペニスを芋でも洗うように撫でまわす。

笠井は焦った。琴美の手の甘い感触に、みるみる勃起してきたからだ。

「お客さんて、真面目なのね。年齢、訊いていい？」

笠井の狼狽ぶりがおかしいらしく、琴美が笑いを含んだような声でいう。

「あ、ああ、三十六だけど……」

　笠井は声がうわずった。

「結婚は？」

「してる」

「ひょっとして、浮気なんて一回もしたことないんじゃない？」

「や、やっぱりわかる？」

　舞い上がってしまった笠井は、バカ正直に訊き返した。

「わかるわよ。だってお客さん、童貞クンみたいにウブなんだもん。いいわ、わたしに任せて。うんと気持ちよくしてあげるから」

　琴美が楽しそうにいいながらシャワーでソープの泡を流す。

「でもホント、童貞クンみたいにもうビンビン！」

　弾んだ声でいわれて、笠井は苦笑いした。琴美がいうとおり、笠井の分身はこのところないほどいきり勃って、脈動しているのだ。

　シャワー室を出ると、琴美は笠井をベッドに誘った。並んで座ると軀をもたせかけて、笠井が腰に巻いているバスタオルの下に手を這わせてきた。

「ちょ、ちょっと待って」

笠井はあわてていって琴美を押しやった。

「なによ、どうしたの？」

「訊きたいことがあるんだ」

「なに？」

「琴美さん、結婚してるんだよね？」

「してるけど、なんで？」

「ダンナさんは、琴美さんがこういう仕事をしてるってこと、知ってるの？」

「知ってるわけないでしょ。もちろん内緒よ。もしバレちゃったら殺されちゃうかも」

琴美が声のトーンを上げていう。

「そう、内緒なのか。そうだよね、ダンナさんが知ったらただではすまないのがフツーだよね」

笠井が思わずつぶやいていると、

「え〜なに？　どういうこと？」

琴美が訝しげに訊く。

笠井は極限にまで達している胸のなかのモヤモヤを吐き出したくなって、なぜこういう店にきたか琴美に打ち明けた。

「へえ～、そうだったんだ。それだとお客さんつらいよね。でも話聞いてたら、奥さんてわたしなんかとは全然ちがうタイプみたいだから、奥さんだっていろいろ悩んでるんじゃないかしら」

琴美は驚きながらも笠井と妻の両方に同情するようなことをいった。

ここにきて妻が溌剌(はつらつ)としてきていることだけは、あえて笠井がいわなかったせいもあるかもしれない。

それをいわなかったのは、他人に妻のことをはしたない女だと思われたくないという気持ちが働いたせいもあるが、それ以上に笠井の一番恐れていることが、同じ仕事をしている琴美の口から語られるのが怖かったからだった。女って気持ちと軀はべつだから、というようなことが。

「だけど、悩んでてもどうしようもないんじゃない」

琴美が笠井を励ますようにいった。

「わたしがこんなことというの変かもしれないけど、奥さんのことわかってあげて、やっぱりエッチはしてあげなきゃだめよ。じゃないと奥さん、欲求不満になっちゃって、わたしみたいになっちゃうわよ」

「琴美さんみたいに?」

笠井は訊いた。

「そう。うちはダンナが長距離トラックの運転手だから、めったにうちにいないの。子供でもいれば気がまぎれるんだろうけど、それもないから暇はあるけどエッチはないって状態。で、わたし欲求不満になっちゃって、この仕事するようになったの。だからお客さんとエッチしてたら、つい本気になっちゃって……」

屈託のない笑いを浮かべていう琴美の話を聞いて、笠井はうろたえた。琴美のいうとおりかもしれないと思った。実際、幸恵がそうならないともかぎらない。

いや、もうなっているかも……。

「ね、せっかく初めてこういうお店にきたんだし、わたし本気でサービスしちゃうから、いまだけ奥さんのことは忘れて、思いきり愉しんで」

琴美が甘えかかるようにして、笠井の腰のバスタオルを取った。

「すごいわ。奥さんとしてないから溜まってんでしょ」

いきり勃っている怒張から笠井の顔に視線を移していう。揶揄するような色っぽい眼つきで見られて笠井が苦笑すると、琴美がベッドに上がるよううながした。

妻のことを思ってうろたえていた笠井も、ドキドキしながら琴美にいわれたように愉しもうという気分になってきた。

琴美は笠井を仰向けに寝かせると、軀を重ねてきた。笠井は琴美を抱いてヒップに手を這わせた。すると、むき出しの尻が手に触れた。ショーツはTバックらしい。

琴美が笠井の乳首を舌でくすぐるように舐めまわす。笠井は戸惑った。こんなことをされたのは初めてだった。

経験したことのないゾクゾクする快感に煽られて、笠井は琴美のむき出しの尻を撫でまわした。琴美が軀をくねらせて笠井の軀にこすりつけるようにしながら、徐々に下方に移動していく。顔が腰の位置にいくと、怒張を手にして亀頭に舌をからめてきた。

本気でサービスするといっただけあって、それにもともと好き者なのか、琴美のフェラチオは笠井が圧倒されるほど熱っぽく、テクニックも巧みだ。まるでしゃぶり尽くすように音をたてて怒張全体を舐めまわしたかと思うと、咥えながらせつなげな鼻声を洩らしてねっとりと、ときには激しくしごく。それに手で陰嚢をくすぐったり、舌で舐めまわしたりもする。それを繰り返すのだ。

笠井はこんな濃厚なフェラチオを受けるのは初めてだった。それだけで発射しそうになりながら、幸恵も客にこんなことをしてるのか!? と思うと、燃えるような嫉妬と怒りに似た欲情に襲われて我慢できなくなり、あわてて琴美を押しやった。

琴美は軀の向きを変えて、シックスナインの体勢を取った。

そのほうが男を刺戟すると計算してのことか、ピンク色のTバックショーツはつけたままだ。実際、顔の上にあからさまになっている琴美の股間の眺めは笠井を興奮させた。

その部分の肉がふっくらと盛り上がって、膨らみを縦に分けている割れ目にTバックの紐が食い込んでいる。琴美のヘアは薄いようだ。盛り上がっている肉がつるりとしていて、Tバックの前の三角形の布からもハミ出しているヘアはない。それに肉びらもきれいで、みずみずしい唇のようだ。

琴美の舌がペニスにからんでくるのを感じて笠井はTバックの紐を横にずらし、両手で肉びらを分けた。

あらわになったクレバスは、ジトッと濡れ光っている。笠井の脳裏に昨日見た幸恵のそこが浮かびあがり、さらに妬ましいシーンが展開する。

――いまの笠井と同じようにして、客の男が幸恵のそこを見ている。幸恵も琴美と同じように男のモノをしゃぶっている。男が幸恵のそこを舐めまわす……。

嫉妬で頭の芯がうずく。笠井は琴美のそこにしゃぶりついた。琴美がふるえをおびたような喘ぎ声を洩らして腰をくねらせる。笠井は攻めたてるようにクリトリスをこねた。

怒張を咥えてしごいている琴美がきれぎれに鼻にかかった泣き声を洩らす。琴美は怒張をしごくだけでなく、手で陰嚢を撫でまわしたり指で肛門をくすぐったりしてくる。

頭のなかで、自分と琴美の行為がそのまま幸恵と客の男のそれにダブッて、笠井はますます嫉妬の炎にあぶりたてられる。

「ああッ、だめ――！」

琴美がふるえ声を放った。笠井にしがみついて絶頂を訴え、よがり泣きながら軀をわななかせる。

「ね、こんどは一緒にイッて」

起き上がった琴美の顔は興奮しきっている。ショーツを脱ぐと、ローションを手に取って笠井の怒張に塗りつけ、またがってきた。怒張をクレバスに宛がって腹のほうに向けて押さえ込む。

これが素股か!?

笠井がふたりの股間の接着部に眼を奪われていると、琴美が笠井の手を取ってボリュームのある乳房に導く。そしてクイクイ腰を振りながら、淡いヘアから覗いている亀頭を指でくすぐるように撫でまわす。

「アアンいいッ。気持ちいいッ」

たまらなそうな琴美の表情と声。いやらしく律動する腰。すべてがまた幸恵とダブッて、笠井は嫉妬と興奮をかきたてられて乳房を揉みたてた。

性器同士がヌルヌルこすれ合ってわきあがるゾクゾクする快感。それに亀頭を指で弄られて生まれる甘美なうずき。両方が一緒になって笠井もたまらない。

琴美が倒れ込んでしがみついてきた。そのまま、尺取り虫の動きを速くしたような腰つきでもって、クレバスで怒張をこすりたてる。

「アア〜ン、オ××コいいッ。気持ちいいッ、たまんないッ。ねッ、一緒にイッてッ」

耳元で息せききってあからさまなことをいうのを聞いたとたん、笠井はもうひと溜まりもなかった。発射を告げてすぐ、快感液を迸らせた。

5

その日、笠井は幸恵の親友の奈央の夫、椎名と初めて会った。

ファッションヘルスがどういうところか、初めて身をもって体験したものの、こんどはリアルな幸恵の痴態に苦しめられる羽目になり、同じ立場でどういう気持ちなのか、前から気になっていた椎名と会って話を聞いてみずにはいられなくなったのだ。

椎名は笠井よりも一つ年上で、コンピュータ関係の会社を経営していたというから神経質そうなタイプかと思っていたが、意外に気さくな男だった。

それにバイタリティもあるらしく、近々新しく会社をスタートさせる予定だという。

そういう話を聞くと笠井は引け目を感じてしまい、肝心な話をするのがひどくウジウジしているように思えてためらわれたが、思いきって椎名に悩みを打ち明けた。

「やっぱりそうですか。じつは、笠井さんがそういうことで悩んでるみたいだって話を、幸恵さんからうちの奈央が聞きましてね、わたしたちも心配してたんですよ」

椎名は意外なことをいった。笠井は驚くと同時に恥じて謝った。

「そうでしたか。お恥ずかしいことでご心配かけてすみません」

「いえいえ、おたがいさまですよ。わたしも最初は笠井さんと同じ気持ちでしたから」

笑みを浮かべていう椎名に、笠井は気負い込んで訊いた。

「椎名さんも？　で、どうしたんですか？　じつはそれをお訊きしたくてお会いしたんです」

「参考になるかどうかわかりませんけど、うちの場合は、ちょっと思いきったことをしたんですよ。それで夫婦はこうあらねばならないという既成概念を打ち破ることができるんじゃないかって、スワッピングを……」

笠井は驚いた。

「スワッピング⁉　夫婦交換ですか？」

「そうです。わたしの場合はそれでなんとか、いま笠井さんが陥ってらっしゃる苦しみから解放されたんです。もちろんスワップをしたときも、妻が相手方のご主人に抱かれてるのを見たら、嫉妬で狂いそうになっちゃいましたけどね。でもそのときは、妻がほかの男と——なんて想像だけしてるのとちがって、ちょっと屈折してるかもしれないけど、嫉妬が異常な興奮になるんですよ。それにスワップをしたあとはなにかふっきれた気持ちになって、それまで以上に妻のことがいとおしくなっちゃいましてね。わたし自身そんな効果があるとは思わなかったので、これには驚きました」

聞いているうちに笠井は椎名の話に引き込まれていた。同じ悩みを持っていた男の体験談だけに、言葉がストレートに響いてきて、そればかりか、自分が椎名になっているような気さえしていた。

「どうです？　よかったら、笠井さんもわたしたちとそうしてみませんか？」

椎名がいった。笠井は胸のうちを見透かされたようでドキッとした。この地獄の苦しみから解放されるなら思いきってそういうことをしてみてもいい、という気になっていたのだ。

「ええ。といっても突然のことなので正直いって戸惑ってますけど、相手の方が椎名さんだったら……ただ、妻がなんていうか……」

笠井がしどろもどろになりながらいうと、

「ご心配なく。大丈夫ですよ。じつをいうと幸恵さん、奈央からわたしたちの話を聞いて、『うちもお宅みたいになったらいいのに』っておっしゃってたそうですから。もっとも、『うちの主人は真面目な人だから、スワップなんてとんでもないっていうでしょうけど』ともおっしゃってたそうですけどね」

椎名は笑いながらいった。笠井は苦笑いするほかなかった。

——ホテルの一室に二組の夫婦がいた。

すでに二組の夫婦ともシャワーをすませて、スワッピングの前の緊張をほぐすためにルームサービスのオードブルが置かれたテーブルを囲み、ビールを飲みながら談笑しているところだった。

もっとも、話しているのはもっぱら椎名夫婦で、笠井たち夫婦はふたりとも緊張していた。

夫たちはバスローブをまとっているが、妻たちはブラとショーツ——それも幸恵が白の、そして奈央が黒の、いずれもシースルーのセクシーな下着姿だった。

「ま、初めてのときは緊張するなっていうほうが無理な話で、女房のほうは期待してワクワクしてたかもしれないけど、ぼくなんか舞い上がってしまって、なにがなんだかわからなかったからね」

「失礼ねッ。わたしだってあなたと同じよ」

笠井たち夫婦の緊張をほぐそうとして椎名が砕けた口調で冗談めかしていい、奈央が笑ってやり返す。

そんな椎名夫婦の話もまともに耳に入らないほど笠井は緊張して、オードブルも喉を通らず、酔えば少しは緊張も薄れるだろうと思ってやたらとビールを飲んでいた。

笠井がスワップのことを切り出すと、「わたしも相手が奈央たちなら……」といってすんなり応じた幸恵も、さすがにいざとなると緊張しているらしく、硬い表情でうつむいている。だが見方によっては、極度に興奮しているような表情に見えなくもない。

これから幸恵は椎名に抱かれる。しかも椎名のペニスを受け入れるのだ。それなのに興奮しているのか⁉

そう思うと笠井は嫉妬をかきたてられた。それでいて笠井自身、奈央の黒いシースルーの下着を通して見える悩ましく熟れた軀に興奮していた。

「だけど笠井さん、ぼくたちは素晴らしい妻に恵まれたと思いませんか。彼女たちはぼくたちの苦境を救ってくれてるばかりか、彼女たちが風俗で働いてなかったら、こんな出会いもなかったんですから。さ、そろそろ愉しみましょう」

椎名が弾んだ声でいって立ち上がった。

「といってもこういう場合、男はおうおうにして不都合なことになりかねないから、まず、経験者のぼくが幸恵さんをリードします。最初は笠井さんは奈央と見てて、盛り上がってきたらはじめてください。じゃあ幸恵さん、よろしく……」

椎名に手を取られた幸恵がまるで意志などないような感じで立ち上がる。

笠井は見ていられなかった。が、舌がからみ合うような湿った音と幸恵のものらしいせつなげな鼻声を耳にして顔を上げた。

椎名は幸恵を抱いてベッドに上がると、キスしはじめた。

ふたりが濃厚なキスにふけっているのを見たとたん、笠井のなかでくすぶっていた嫉妬が炎になって燃えあがった。

「妬けちゃうでしょ？　うちの主人もいってたわ。最初は見てられなかった。でも見るんだ、見なきゃいけないって自分にいい聞かせて見てるうちに、自分でも異常なくらい興奮してた。それでふっきれたって」

しなだれかかってきた奈央が耳元で囁きながら、笠井の股間を挑発するように撫でまわす。

奈央の言葉を呪文のように聞きながら、そしてこれで地獄から抜け出せると自分にいい聞かせながら、笠井は椎名に下着を脱がされていく妻を凝視していた。

遺された情事

1

咲田雅彦は車で津村佳乃の自宅に向かっていた。九月最初の日曜日だが残暑というよりは猛暑にもどったような昼下がりで、路面からゆらゆらと陽炎が立ち昇っていた。

先週の日曜日のことだった。去年三十五歳の若さで交通事故で亡くなった佳乃の夫、津村英治の一周忌の法要の席で、津村の葬儀以来一年ぶりに咲田は佳乃と会った。

津村と咲田は学生時代からの親友で、おたがいに結婚してからも夫婦ぐるみで付き合っていたが、津村が亡くなる半年ほど前に咲田たち夫婦が離婚してからは疎遠になっていた。

咲田は一年ぶりに会った佳乃に思わず見惚れてしまった。もともと美形の佳乃だが、女が魅力的に見えるという喪服姿を差し引いても眼を見張るほど色っぽくなっていたからだ。

「わたし、半年くらい前からお勤めしてるの。家に独りでいるとどうしても彼のことばかり考えて、精神的におかしくなりそうになっちゃって。それで仕事をしてみようと思って、結婚前に勤めてたお店の社長に相談したら、またうちにきてくれっていわれて……」

咲田の視線になにか感じるものがあったのか、佳乃は問わず語りにそういった。彼女が結婚前に勤めていたのは、有名な宝石店だった。

そういう理由でもなければ、佳乃には勤める必要などなかったはずだ。

津村英治の命を奪った交通事故は、居眠り運転のトラックがセンターラインをオーバーして対向車線を走っていた津村の車と正面衝突したもので、津村に過失はなかった。そのため佳乃にはそれ相応の賠償金や津村の死亡保険金が支払われたはずで、生活の心配はないはずだった。

そんな佳乃の話を聞いて咲田は、ひょっとして、と思った。――色っぽさの原因は、勤めはじめて好きな男ができたせいではないか。それも相手は、その社長かもしれない。

佳乃はまだ三十四歳。離婚した咲田たち夫婦と同じく、津村との間に子供はいない。まして彼女は美人だ。恋人ができても不思議はないし障害もない。しかも彼女は、夫を喪って精神的に不安定な状態にあった。相談を持ちかけた宝石店の社長にやさくしくされて気持ちが傾いた、ということも考えられなくはない。それより社長のほうが若い美人の未亡人に下心があって、便宜を図ったのかも……。

そう考えると疑念がにわかに真実味をおびて、咲田は心穏やかではいられなかった。再会した佳乃に一目惚れしてしまっていたから、彼女と社長に嫉妬したのだ。

その一方で、津村の一周忌もすまないうちに佳乃がほかの男を好きになるはずがない、第一彼女はそんな軽い女ではない、という否定的な思いも咲田にはあった。

なにより勤めはじめたきっかけからして、佳乃が夫のことを忘れられないでいることは明らかだ。そんな彼女が、そう簡単にほかの男を好きになるとは思えなかった。

嫉妬をかきたてられる疑惑と、佳乃のことを信じたい思いとの間で、咲田は悩まされていた。

そんなとき——津村の一周忌の法要から四日後の木曜日の夜——佳乃から妙な電話がかかってきたのだ。

「咲田さんに見てもらいたいものがあるの。こんどの日曜日、家にきてもらえないかしら」

咲田がなにを見てほしいのか訊くと、

「とても口に出していえるようなものではないの。だから見てもらいたいの」

佳乃はおぞましそうに、そして懇願するようにいった。

結局それがなにかわからないまま応諾した咲田だが、ほっとして気持ちが弾んでいた。もし佳乃に男がいるとしたら、その男に電話をかけたはずだからだ。

あの色っぽさは、三十四歳という女盛りの年齢のせいかもしれない。

咲田はそう思った。それも女盛りの軀で性欲を持て余しているために滲み出てきたものかも……。それで俺と二人きりで会いたくてあんな妙な電話をかけてきたのではないか!?

そのときからこの三日間、佳乃のことを考えるたびに咲田の胸はときめいた。

彼女の自宅に向かっているいまもそうだった。

離婚してからの咲田は、まったく女関係に恵まれなかった。結婚前だけでなく結婚してからもそれなりにモテたものだが、それは大手商社マンという肩書がモノをいっただけで、男としての魅力があってのことではなかったのではないかと謙虚に思わざるをえないほど、ぱったりモテなくなった。

もっともそういうなら、いまも商社マンなのだから、これは離婚した天罰なのかもしれない。咲田はそう思った。

そのため、素人はあきらめて、たまにホステスや風俗嬢と遊ぶしかない有り様だった。

最近になって咲田は、別れた妻の美沙緒と結婚できたのは幸運だったというべきかもしれないと思うようになった。

美沙緒とは恋愛結婚だった。彼女は結婚してからもフリーのアナウンサーの仕事をつづけていた。ラジオの情報番組などを担当する地味な女子アナだが顔もスタイルも人並み以上で、結婚したとき咲田は周囲の男たちからお世辞とは思えない羨ましがられ方をしたものだった。

それが離婚という結末を迎えたのは、共働きによるすれ違いの生活に咲田が不満を持つようになったのが原因だった。

その頃から咲田は津村のことを羨ましく思っていた。同時に専業主婦の佳乃を理想的な妻として見ていた。

離婚してから津村たち夫婦と疎遠になったのは、そういうふたりを目の当たりにしたくなかったからだった。

あの頃から彼女を好きになっていたのかもしれない……。

路面から立ち昇っている陽炎のなかに、まだ見たこともない佳乃の熟れた裸身を想い浮かべながら咲田は思った。

胸のときめきは高鳴りに変わってきていた。佳乃の自宅があるマンションはもうすぐだった。

2

「ごめんなさい、せっかくのお休みを二週つづけてふいにさせてしまって」

「かまわないよ、どうせ暇なんだから。それよりとても口に出していえるようなものではないってなに？」

謝りながら咲田をクーラーの効いたリビングルームに通した佳乃に、咲田はさっそく訊いた。

「その前にビールでもいかが？　わたしも飲みたいの」

佳乃はなぜか自嘲するような表情と口調でいった。

とても口には出せないようなものというのが、見せる前に飲まずにはいられない心境にさせるものなのか。

そう思うと、咲田はますます興味をかきたてられた。

それに、ビールを飲むという展開はわるくないと思った。というよりも胸がときめいた。——車できているので、飲めばアルコールが抜けるまで帰れない。その間に思いがけない展開になる可能性もなきにしもあらず。なにより佳乃がそう考えてビールをすすめているのだとしたら……。

「車なんだけど、でも佳乃さんがそういうならいただこうかな」

咲田は笑いかけていった。佳乃も笑い返し、咲田にソファをすすめてキッチンに向かった。

ソファに腰を下ろした咲田は、冷蔵庫を開けている佳乃の後ろ姿を見た。

この日の佳乃は、白地にブルーの濃淡の幾何学模様が入った、ノースリーブのタイトなワンピースを着ていた。プロポーションのよさを引き立てているワンピースの、いかにも熟女らしい官能的なヒップラインが、いやがうえにも咲田の下心をくすぐりたてた。

った。

　佳乃がもどってきた。応接セットのローテーブルの上にビールやグラス、それに前もって用意していたらしいオードブルを置くと、咲田と向き合って椅子に座った。

　おたがいに相手のグラスにビールを満たすと、ふたりは乾杯した。佳乃は一気に飲み干し、つられて咲田もグラスを空けた。

「いい飲みっぷりだね。というか、飲まずにはいられないって感じだけど、俺に見てほしいものと関係あるの？」

「ええ。わたし彼に、津村に裏切られてたの」

　佳乃は咲田のグラスにビールを注ぎながら硬い表情でいった。

「裏切られてた⁉」

　咲田は驚いて訊いた。佳乃は小さくうなずいてうつむくと、

「彼に女がいたの」

　咲田は啞然とした。

「まさか、あいつにかぎって、あのカタブツの津村にかぎって、それはないんじゃないの」

　そういってお返しに佳乃のグラスにビールを注ぎながら、

「第一、あいつ、佳乃さんのことをあんなに愛していたし、勘違いじゃないの」

佳乃は弱々しく苦笑いして、ちがうというように首を振った。

「ちゃんとした証拠があるの」

「証拠!?」

咲田はまたしても驚いた。

「ええ。わたし、彼が亡くなってからずっと、とても手をつける気持ちになれなくて、彼の部屋はそのままにしてたの。せめて一周忌がすむまではそうしておこうと思って。で、先日、法要のあと彼の部屋のものを片付けたり整理したりしてたら、信じられないものを見てしまったの」

そこまでいって佳乃はグラスを半分ほど開けた。咲田は訊いた。

「なにを?」

「彼に女がいるって証拠写真。それもただの写真じゃないの」

佳乃は顔をしかめていうと残りのビールを飲み干した。

「ただの写真じゃないって、どういうこと?」

咲田は胸騒ぎをおぼえながら訊いた。

「見てもらえばわかるわ。咲田さん、ひとりで彼の部屋に入って見て。写真、パソコンで見られるようにしてあるから」

佳乃は手にしている空のグラスを硬い表情で見つめたままいった。

咲田は立ち上がった。津村の部屋には、彼の生前なんどか入ったことがあった。

コンピュータソフトのメーカーでシステムエンジニアをしていた彼に、パソコンの使い方を教えてもらったりもした。

津村の部屋に入った咲田は、デスクトップのパソコンの前の椅子に座った。スクリーンセーバーが作動していた。

咲田はキーボードのエンターキーを押した。ディスプレイに縦横かなりの数のコマ割りのような画像が現れた。デジタルカメラで撮影された写真が一括して表示されたものだった。

それを覗き込んだ咲田は、思わず息を呑んだ。

最初に見たのは、ネクタイのようなもので目隠しをされた女が、ペニスを咥えている顔のアップだった。

咲田は息をつめ、眼を凝らして写真を見ていった。

男には、SMのS趣味があるらしい。写真に写っている女はほとんどが紐で縛られるか手錠をかけられるかして、さまざまな恰好を強いられている。といってもハードなSMプレイが写っている写真はない。

どうやら男のS趣味は、女を拘束して辱めたり嬲ったりすることにあるらしい。嬲るにしてもバイブか指だ。それにペニス。女が大股開きの恰好に縛られたり後背位の体勢を取らされたりして、バイブやペニスを挿入されているものがあった。

そしてこれも男の好みなのか、女が全裸の写真は少なく、大抵は黒いガーターベルトとストッキングをつけている。

ただ、どの写真にも、男は写っていなかった。写っているのは、手と下半身だけだった。

それに、それがそういう写真を撮る際の条件だったのかもしれない。女は必ず目隠しをしている。

最初は驚愕して写真を見はじめた咲田だが、すぐに興奮をかきたてられて夢中になっていた。ひととおり写真を見て我に返ると、ズボンの前が露骨に突き上がり、呼吸が乱れていた。

咲田が知っているかぎり、津村はカタブツの見本のような男だった。なにより妻の佳乃を愛していた。そんな津村に女がいたこと自体考えられないし、ましてやS趣味があってこんな写真を撮っていたなど、とても信じられない。

第一、写真には男の顔は写っていないのだから、津村かどうかわからない。

わからないといえば、かりに写真を撮った男が津村ではないとしたら、なぜ彼がこんな写真を持っていたのかもそうだ。どこかほかから入手したということも考えられるが、津村のような男がそんなことをするとも思えない。

だが佳乃にしてみれば、そんなことを考えたりする余裕などなかっただろう。夫が持っていた写真だから夫が撮ったものだと、最初から思い込んだにちがいない。

それにしても、彼女はなぜこんな写真を俺に見せたのだろう⁉

咲田は首をひねりながら、マウスを操作して一枚の写真を拡大してみた。

ディスプレイいっぱいに生々しい画像が表示された。後ろ手に手錠をかけられた女が、ベッドに仰向けに寝た男の横からエレクトしたペニスを舐めまわしている写真で、男の下半身も写っている。それを見ると、男はスリムな体型のようだ。津村もそうだった。

咲田は興奮して思った。——佳乃は写真の男の下半身を見ただけで夫だとわかったのかも⁉　妻ならそれもあり得る！

写真は相当な数があったが、被写体の女の局部のアップや全身像など同じカットのものがかなりある。そのなかからこれはと思うものを選んで、つぎつぎに拡大してみた。

すごいな。彼女もいきなりこんな写真を見たときのショックは大変なものだっただろう。

エレクトしたペニスが女の濡れた肉びらの間にズッポリと突き入っている写真を見て、咲田はさっきから勃起している分身がうずくのを感じながら、佳乃の気持ちを思いやった。

そのときふと、でもそれだけだったのだろうか、という疑念が浮かんだ。

彼女に男がいないとしたら、この一年彼女はセックスをしていない。女ざかりだけに、相当欲求不満が溜まっているはずだ。そんな状態でこんな写真を見たら、最初はショックで打ちのめされたにしても、つい写真を見ているうちに夫と女に対する激しい怒りや嫉妬とはべつに、熟れた軀がおかしくなっても不思議ではない。

そんな想像にかられた咲田は、アッと思った。――もしかして彼女、それで俺にこの写真を見せたのかも⁉　そうだ、それ以外に理由は考えられない。ということは……!

一気に胸が高鳴った。咲田は興奮をかきたてられながら、女の全身が写っている写真を拡大してみた。

女が大股開きの恰好をして紐で縛られているその写真を見てふと、驚くようろたえるようなことが頭に浮かんだ。

彼女も津村とこういうプレイをしていたから、すぐに津村が撮った写真だとわかったのではないか⁉

胸の高鳴りと一緒に軀が熱くなったそのとき、不意に胸騒ぎに襲われた。写真の女の軀つきがなんとなく、別れた妻の美沙緒に似ていたからだ。

まさか津村と美沙緒が⁉

即座に、そんなことがあるはずはないと思った。が、見れば見るほど軀つきばかりか乳房や乳首の形状、それに目隠しから覗いている鼻や口の形が似ている。

たちまちのうちに咲田は冷水を浴びせかけられたような気持ちに陥っていた。

3

「ね、ただの写真じゃないでしょ？」

突然後ろから声をかけられた咲田はドキッとして、椅子ごと弾かれたように振り向いた。

佳乃が硬い表情で立っていた。

「津村はわたしを裏切っただけじゃなくて、ほかの女とこんないやらしいことをしてたのよ。許せないわ」

努めて感情を押し殺したような、そのぶん怒りが伝わってくる口調で佳乃はいった。

「咲田さんだって、わたしの気持ちわかるでしょ？」

「あ、ああ。俺もすごいショックで、まだ信じられない……」

動揺した咲田は、それだけいうのが精一杯だった。

「わたし、咲田さんにお願いがあるの」

佳乃がうつむいていった。思い詰めたような表情を見て、咲田は胸の鼓動が速まった。

「お願いって？」

「わたしを、あの女と同じようにして」

「本気なの⁉」

期待どおりの展開に、咲田は胸を躍らせながらも驚いてみせた。

佳乃は小さくうなずくと、咲田が気圧されるような凄艶な眼つきで見返した。

「わたしじゃいや？」

「とんでもない。突然佳乃さんが思いがけないことをいうから驚いたんだよ。でも本気だとわかって、いまは舞い上がってる。俺、佳乃のさんのこと、前から好きだったんだよ」

咲田はいささか気負っていうと、立ち上がって佳乃を抱き寄せた。佳乃も抱き返してきた。

初めて佳乃の軀を実感して、全身の血が逆流するような感覚に見舞われながら、咲田は佳乃の唇を奪った。甘美な感触に気持ちが浮きたった。舌を差し入れ、からめていくと、佳乃も熱っぽく舌をからめてきた。

写真の女が美沙緒ではないかと疑ったときから勢いを失っていた咲田のペニスがたちまちエレクトして、佳乃の下腹部に突き当たった。

佳乃が舌を躍らせるようにしてからめてきながら、せつなげな鼻声を洩らして腰をもじつかせる。それも久しぶりに男の強張りを感じたせいか、下腹部を怒張にこすりつけているような腰つきだ。

佳乃のほうがキスをつづけていられなくなったように顔を振って唇を離した。興奮が浮きたった、強張った表情で息を弾ませている。

咲田も息が弾んでいた。

「これって、津村への仕返し？」

「それだと、咲田さんいや？」

佳乃が艶かしい眼つきで咲田を見て訊き返す。咲田はかぶりを振り、苦笑いしていった。

「俺は相手が佳乃さんなら、理由なんてなんでもいいよ。だけど、あの写真には男の顔は写っていないのに、どうして津村だとわかったの？」

「写真、彼のカメラにも残ってたの」

「そうか。俺はまた、佳乃さんも写真の女と同じようなことを津村としていたからわかったのかと思ったんだけど、ちがうの？」

「そんな！　あんなこと、わたしはしてないわよ」

佳乃は憤慨していった。咲田はあわてて謝った。

「ごめん、ごめん。まさかあの津村が、なんて思ったから、変な想像をしてしまったんだ」

「ね、きて……」

佳乃が咲田の手を取った。うながされるまま、咲田は佳乃と一緒に津村の部屋を出た。

咲田の胸はときめいていた。「あの女と同じようにして」と佳乃はいったのだ。考えるまでもなく、それは恥ずかしい恰好に縛って嬲ってほしいということだった。

もっとも、咲田にはSMプレイの経験はなかった。だが興味はあった。経験はなくても、あの程度のプレイならできそうだと思った。

咲田が連れていかれたのは、寝室だった。仲のよかった津村と佳乃らしく、ダブルベッドが置いてあった。

いまは佳乃が独り寝しているそのベッドの上に、手回しよく和装用の紐や男物のネクタイが用意されていた。

いやがうえにも咲田の胸は高鳴った。ところがベッドの枕元の棚を見て、複雑な心持ちになった。遺影に使われた津村の写真がそこにたてかけてあった。
咲田は思った。——佳乃は自分と俺の行為を津村に見せつけるつもりなのだ。
そうでなければ、夫婦の寝室は避けるはずだ。
咲田の頭のなかには、ひとつ気になっていることがあった。
——かりに写真の女が美沙緒で、佳乃がそれに気づいていたとしたら、津村と
美沙緒に仕返しをするために、佳乃は俺を誘ったことになる。それなら俺を誘っ
たわけもわかる。本当のところはどうなのか、ということだった。
「ひとつ訊いてもいいかな？」
「なに？」
佳乃は咲田に背中を向けて立ったまま訊き返した。
「どうして俺を誘ったの？」
「それは、咲田さんならわたしと津村のことよく知ってるし、咲田さん独身だか
ら……」
どうやら写真の女が誰かは、わからないらしい。そのこととはべつに、咲田は
ちょっとがっかりした。願わくば、独身のほかに好意を持っていたというぐらい
のことをいってほしかった。

そう思いながら、ワンピースを脱いでいく佳乃に眼を奪われていた咲田は、思わず息を吞んだ。ワンピースを脱ぎ落とした佳乃が、あの写真の女と同じスタイルの下着をつけていたからだ。

ただ、色はちがっていた。佳乃がつけているのは、ブラとショーツとガーターベルトが濃い紫色で、太腿までのストッキングは肌色だった。

煽情的なスタイルの下着が、プロポーションのいい、濃厚な熟女の色気をたたえている裸身を、たまらないほど悩ましく見せている。

「すてきだよ、佳乃さん」

うわずった声でいうと、咲田は手早く服を脱ぎ捨てていった。露骨に前が突き上がったトランクスだけになると、佳乃を後ろから抱き寄せた。

「ああッ……」

さっき以上に強張りをヒップに感じたからだろう。佳乃は軀をヒクつかせて喘ぎ、腰をもじつかせる。

咲田はブラ越しに乳房を両手で揉みながら、艶やかなセミロングの髪に顔を埋め、首筋から耳にかけて唇を這わせていった。

「恥ずかしい恰好に縛って、イジメてもいいんだね？」

唇で耳をくすぐりながら訊くと、佳乃はせつなげに喘いで身悶えながらうなずいた。

咲田はホックを外してブラを取り去った。

「といっても、俺もこういうのは初めてなんだ。上手くやれるかどうかわからないけど、佳乃さんの期待に応えられるように頑張るよ」

ベッドの上の紐を取り上げて、両腕で乳房を隠している佳乃に笑いかけていうと、佳乃は凄艶な眼つきで咲田を睨んだ。

「じゃあまず、両手を背中にまわして」

佳乃はいわれたとおりにした。その手首を交差させて、咲田は紐で縛った。

「さ、これでもうどうすることもできないよ」

いって佳乃を後ろから抱き寄せ、肩ごしに乳房を覗き込んだ。

「おお、きれいなオッパイだ」

まさに美乳という言葉がぴったりの乳房を両手にとらえて揉みたてると、佳乃は喘いでのけぞり、たまらなそうに身悶える。

咲田は片方の手を佳乃の下腹部に這わせ、ショーツのなかに差し入れた。

「いやッ」と佳乃が恥ずかしそうな声を洩らして腰をくねらせる。

かなり濃そうなヘアをまさぐって、咲田は強引に股間に手をこじ入れた。ヌルッとした感触があった。

「すごい。もうグショ濡れじゃないか」

「いやッ。いわないでッ」

佳乃はかぶりを振りたてた。顔を赤らめ、羞恥でいたたまれないような表情をしている。

その表情が徐々に嗜虐的になっていた咲田の気持ちを煽った。ヌルヌルしたクレバスを指でこすりながら、咲田はいった。

「いまこれだけ濡れてるってことは、俺にこうされることを期待してもっと前から濡らしてたってことだな。佳乃さん、けっこうマゾッ気があるんじゃないの？あの写真を見ても濡れちゃったんじゃないか」

「そんな、いやッ、あン、だめッ」

ついいってしまってから、ちがっていたら怒るだろうと咲田は内心あわてたが、佳乃は腰をもじつかせながらうろたえたようにいうだけだ。

「濡れたんだろ？　それでよけいに津村とあの女のことが許せなくなったんじゃないか」

佳乃の反応に勢いを得た咲田が、なおも指でクレバスをこすりながら問い詰めると、佳乃は狂おしそうな表情でかぶりを振った。が、ちがうとはいわない。

それよりも感じてたまらなくなったらしい。泣くような喘ぎ声を洩らして腰をいやらしく律動させはじめた。

「まあいい。本当のことはゆっくり軀に訊くことにしよう」

咲田は佳乃にベッドに上がるよう命じた。

4

「お願い、目隠しをして」

ベッドに上がると、佳乃はいった。

咲田は迷った。佳乃にしてみれば、写真の女と同じにしたいのと、目隠しで少しは恥ずかしさが解消されると思う気持ちがあるのかもしれないが、写真を撮るわけではないのだから目隠しは必要ない。

それに目隠しをすると、佳乃の表情がわからなくなる。ただ、そうすることで佳乃がナマの自分をさらけ出しやすくなるかもしれない。

結局、咲田は目隠しのメリットのほうを選び、津村のものらしいネクタイで佳乃に目隠しをして仰向けに寝かせた。

「さあ、どんな恥ずかしい恰好に縛っちゃおうかな」

弾んだ声でいって、仰向けに寝ていてもほぼその形を保っている美乳の、そこだけは三十四歳の元人妻らしくくっきりと突き出している褐色の乳首を指でくすぐる。

すると佳乃は、驚いたような声を洩らして軀をヒクつかせた。視界を遮られているため、突然の感じがあって、そのぶん過敏に反応したようだ。

咲田のほうは、なんだか夜這いをしているような、ある種変わった興奮をおぼえた。

目隠しにはこういうメリットもあったのかと感心しながら、咲田は佳乃の軀をあちこち撫でたりつついたりした。

そのたびに佳乃は過敏に反応する。咲田がそれをおもしろがって嬲っていると、一つ一つの刺戟が積み重なってたまらなくなったかのように、佳乃は悩ましい声を洩らして身悶えはじめた。

そこで咲田は佳乃の両膝のあたりにまたがると、ショーツに両手をかけた。

「どれ、佳乃さんのアソコを拝ませてもらおうかな」

羞恥を煽る言い方をして、わざとゆっくりショーツをずり下げていく。

「そんな、だめッ……」

佳乃が恥ずかしそうな、あわてたような声でいって腰をくねらせる。

「ほ〜ら、ヘアが覗いた。佳乃さん、かなり濃いんだね」

「いやッ、だめッ」

官能的な腰部（ようぶ）の、ちょうど中程まで下がっているショーツから、黒々としたヘアがハミ出している。さらにショーツを下げると、逆三角形に繁茂したヘアがむき出しになった。

「おお、いいな。俺、ヘアは薄いのより適度に濃いほうが好きなんだ。佳乃さんのヘアは理想的だよ」

ゾクゾクしながらいった咲田に、佳乃の反応はない。返す言葉もないのだろう。顔をそむけて息を弾ませている。表情はわからなくても、そのようすから羞恥をかきたてられている感じが伝わってくる。

咲田はショーツを脱がすと、紐を手にした。まず片方の膝を縛った。べつの紐で一方の膝も縛ると佳乃の上体を起こした。

そのまま、佳乃の後ろにまわると、膝を縛っている二本の紐を後ろに強く引き、後ろ手に縛っている紐と繋いだ。

「ああッ、いやッ」

佳乃はうろたえたような声を洩らした。写真の女と同じようにしてといった彼女だが、さすがに大股開きの状態に縛られると狼狽したようだ。

「これで仰向けに転がったら、もっといい恰好になるよ」

子供がイヤイヤをするようにかぶりを振りたてている佳乃を、咲田は仰向けにした。

「いやァ、だめェ〜!」

カエルがひっくり返ったような状態になったとたん、佳乃は悲鳴に似た声をあげた。曲げた両膝を開ききって、これ見よがしに股間をさらしているのだから無理もない。

「いい眺めだ。オ××コばかりか、尻の穴までまる見えだよ」

「いやッ、いわないでッ。見ないでッ」

わざと露骨な言い方をした咲田に、佳乃は赤らんだ顔をなおも振りたて、ふるえをおびたような声で懇願する。

「だって、見るなというほうが無理だよ。佳乃のオ××コ、見てちょうだいって、ビラビラまで開いちゃってるんだから」

咲田は初めて佳乃を呼び捨てにして、さらにあからさまなことをいった。

佳乃は顔をそむけて黙っている。もう声もないというようすだ。

咲田は佳乃の秘苑に見入った。いまは未亡人だが元は親友の妻で、そうでなければ好きだと告白していたかもしれない相手の秘部だけに、興奮とはべつに感動のようなものが胸に込み上げてきた。

佳乃のそこは、美人に似ず、というより美人だからそこもきれいなはずだという先入観で見るせいか、意外にワイセツな形状をしている。といっても欲情をかきたてる淫猥(いんわい)さだ。

くすんだ褐色の、薄くて湾曲している肉びらが、派手に股を開いているためにパックリと口を開けて、そこだけはきれいな薄いピンク色のクレバスを露呈している。

そして肉びらを縁取るように、それほど濃くはないがヘアが生えている。その状態がワイセツ感を醸成しているのだ。

もともと愛液が多くて濡れやすい体質なのか、肉びらの内側は蜜を塗りたくったようになって、そこからあふれた愛液が会陰部(えいんぶ)を伝って菊の蕾(つぼみ)のようなアヌスにまで流れ落ちている。

「ああン、いやッ」

突然、佳乃がドキッとするような艶かしい声を洩らした。

咲田にはわかっていた。視線を感じているうちにたまらなくなってきたのだ。さっきから息を乱して、焦れったそうに腰をもじつかせていた。いまはそれだけではない。膣口が喘ぐような収縮を繰り返している。

「いやなの？　だってオ××コ、うれしそうに動いてるよ」

「いやッ。ああン、だめッ」

羞恥と焦れったさが弾けたような声を放って、佳乃は腰を揺する。そうするしかできないのだ。

「見られているうちに感じてたまらなくなってきたんだろ？」

紫色のガーターベルトと肌色のストッキングの間から覗いた内腿の付け根を両手で撫でながら訊いた咲田に、目隠しをした顔がウンウンとうなずき返す。

舌で攻めるか、それとも指で嬲るか、一瞬咲田は迷った。

「舐められるのと、指でされるのとどっちがいい？」

「あ、指で……」

佳乃も一瞬迷ったようにいった。ひどく濡れているのでそういったのかもしれない。

咲田は秘苑に口をつけた。瞬間、佳乃はビックリしたような声を発して腰をヒクつかせた。が、咲田の舌がクリトリスをとらえて舐めまわすと、すぐに泣くような喘ぎ声を洩らしはじめた。

あっけないほどだった。夫を喪ってこの一年、おそらく指でしか慰めることができなかったせいだろう。攻めたてるようにクリトリスをこねまわす咲田の舌で、佳乃は早々と達して軀をわななかせた。

咲田はトランクスを脱ぐと、佳乃の顔の横にいって口元に怒張を突きつけた。

「ほら、しゃぶるの、久しぶりだろう」

佳乃はすすんで舌をからめてきた。達した直後の弾んでいる息をせつなげな鼻声にして、怒張を舐めまわす。

「どう、美味しい？」

相手が欲求不満の未亡人だと思ったら、咲田自身いままでいったことのない、アダルトビデオで知った言葉が口を突いて出た。

佳乃はそれには答えず、かわりに怒張を咥えると、夢中になって顔を振ってしごく。

「そうしてると、写真の女にそっくりだよ」

ゾクゾクする快感をこらえながら咲田がいうと、佳乃は意味不明の鼻声を洩らした。いやがったらしい。

咲田は佳乃の股間に手を伸ばした。

「あの写真を見たときも、こんなに濡れたんだろ？」

クリトリスを弄りながら訊くと、佳乃は怒張から口を離した。

「あン、だめッ」

切迫した声でいって腰をもじつかせる。

「だめッ。イッちゃうからだめッ」

「濡れたんだろ？　正直にいいなよ」

「ああッ、そうよ」

「で、こうやってオナニーしたんだろ？」

「いやッ」

佳乃は激しくかぶりを振った。咲田は中指を蜜壺に挿し入れた。佳乃は呻いてのけぞった。咲田は蜜壺を中指でこねて、親指でクリトリスを嬲った。

「あッ、それだめッ」

佳乃は怯えたような声を放って、腰をいやらしく律動させる。

「オナニーせずにはいられなくなってしたんだろ？」

「したわッ。だめッ。あぁッ、イッちゃう！」

昂った声でいうなり佳乃はのけぞって、腰を律動させる。

そうではないかと想像してはいたものの、佳乃の口からそのとおりのことを聞くと、咲田は佳乃がイッたことよりもそちらに気を奪われて、興奮をかきたてられていた。

「ウウンッ」と佳乃が艶かしい喘ぎ声を洩らした。

「もうしてッ。咲田さんのでしてッ」

息を弾ませていいながら、催促するように腰をうねらせる。

咲田は佳乃の股間に移動した。怒張を手にしてクレバスをこすった。

「これを入れてほしいの？」

すかさず佳乃は強くうなずき返した。

「ならどこに入れてほしいのか、いやらしい言葉でいってみろ」

「アアン、オ××コに入れてッ」

「佳乃がそんないやらしいことというのを聞いたら、たまらないよ」

咲田は興奮を煽られてそういいながら、なおもクチュクチュと卑猥な音を響かせて怒張でクレバスをこすった。

「いやッ、焦らしちゃいやッ。してッ。入れてッ」

泣き声になってなりふりかまわず求める佳乃に、咲田もこれ以上は嬲っていられなくなって押し入った。

ヌル～ッと怒張が熱いぬかるみのなかに滑り込むと、佳乃がのけぞって、イッたような声を洩らした。

写真を撮るわけでもないのだから、もう縛りも目隠しも必要ないと咲田は思い、佳乃を抱き起こして紐を解き、目隠しを取った。

その瞬間、驚いた。佳乃の目許に涙を流したようなあとがあったからだ。

それがどういう涙なのか詮索はせず、咲田は対面座位のまま腰を使い、

「ほら」と佳乃に股間を見せつけた。

「アアッ、入ってるッ。いやらしい……」

肉びらの間にズッポリと突き入った肉茎が、蜜にまみれて出入りするさまを、佳乃は興奮しきった表情で凝視したまま、ふるえ声でいった。

「この、いやらしいのがいいんだろ?」

「いいッ、いいのッ。もっとしてッ」

いうなり佳乃は咲田にしがみついてきた。そのまま狂ったように腰を振りたてよがり泣く。

咲田は佳乃を押し倒した。

「よし。思いきりよがって津村に見せつけてやれ」

けしかけて激しく突きたてていった。


その日咲田は会社からの帰途、ホテルにある喫茶店に入った。佳乃と真昼の情痴（じょうち）にふけってから二日後のことだった。

別れた妻の美沙緒と会う約束をしていた。待ち合わせ場所がホテルの喫茶店になったのは、おたがいにそこで会うのが都合がいいというだけのことだった。

この二日間、咲田は、佳乃から借りて帰った例の写真を、暇さえあればパソコンで繰り返し見てきた。それで美沙緒に会って確かめずにはいられなくなったのだった。

美沙緒は津村の葬儀には出席したが、一周忌の法要には姿を見せなかった。仕事で都合がつかなかったのか、それとも咲田との関係で付き合いのあった津村だから、葬儀に出るだけで義理は果たしたと思っているのかもしれない。ところがここにきて、ほかにもわけがあったからではないかという疑惑が、咲田のなかで膨らんでいた。

美沙緒は約束の時刻を十分ほどすぎてやってきた。

「ごめんなさい、待たせちゃって」

急いで駆けつけてきたのだろう。息を弾ませて謝って、咲田と向き合って椅子に腰かけた。

「元気そうだな」

美沙緒がウエイトレスに飲み物を注文するのを待って、咲田はいった。

「あなたも……」

「仕事のほうはどう？」

「まあまあってとこ。でも頑張ってるわ、女ひとりで生きていくのって大変だから」

「津村の葬儀以来だから、会うのは一年ぶりか。この前、津村の一周忌だったんだ」

「あ、そうか。そうよね。わたし、仕事に追われれちゃってて、すっかり忘れてた……。佳乃さん元気だった？」

「ああ、結婚前に勤めてた宝石店に、また勤めはじめたといってた」

「そう。もし会ったら、わたしが『ごめんなさい』といってたと伝えて」

津村の話を出したら美沙緒がどういう反応を見せるか観察していた咲田だが、あまり動揺したようすはなかった。

ふたりがそんな会話を交わしているうちに、ウエイトレスが美沙緒の注文したアイスティーを持ってきた。

「それより話ってなに？」

美沙緒がアイスティーを一口飲んでから訊いてきた。

「津村とはいつから関係があったんだ？」

咲田はストレートに訊いた。

「え⁉　関係ってなんのこと？」

「男と女の関係だよ。それもただの関係じゃない、ＳＭの関係だ」

「やだ、なにいってるのよ。わるい冗談はやめてよ」

美沙緒は憤慨していった。

「見たんだよ、津村が撮ったプレイ中のおまえの写真」

「そんな、バカいわないでよ。第一、津村さんと関係もないのに写真なんてあるはずがないじゃないの」

「目隠しをしていたからシラを切ればいいと思ってるんだろうけど、そのなかに一枚だけ、目隠しのない写真があったんだよ。おそらく、おまえの知らないうちに津村が撮ったんだろう」

みるみる美沙緒の表情が強張った。頰のあたりがピクピク痙攣している。

咲田がいった「目隠しのない写真があった」というのはウソで、カマをかけたのだ。

「津村とはいつからだったんだ？」

咲田は訊いた。

「そんなこと、どうだっていいでしょ。もう終わったことなんだから」

美沙緒は開き直ったようにいった。

「それにしても津村とおまえの関係にも驚いたけど、ふたりにＳＭ趣味があったことにはもっと驚いたよ」

「そんな話だったら、わたし帰るわ」

憤然としていうなり美沙緒は席を立った。

咲田は止めなかった。足早に帰っていく元妻を見送ってから、咲田も席を立った。

美沙緒とは対照的に咲田は終始、自分でも不思議なほど冷静だった。

ホテルを出ると、昼間の熱気を孕(はら)んだ空気につつまれた。咲田の胸はときめいてきた。

冷静でいられた理由がわかった。佳乃との関係がはじまったからだった。

手にしている鞄を握りしめると、咲田は佳乃の自宅に向かった。鞄のなかにはバイブレーターが入っていた。

咲田は思った。――佳乃には美沙緒のことは内緒にしておこう。津村の相手が美沙緒だとわかれば、佳乃は屈辱を感じて俺とはもう会わないといいだすかもしれないから……。

●初出一覧

美人上司とにわか雨（俄雨を改題）……「特選小説」2001年10月号

淫　熱……「特選小説」2002年6月号

自称「三十四歳の人妻美也子」……「特選小説」2004年2月号

埋もれ火……「特選小説」2002年6月号

似た女……「小説NON」2003年2月号

黒い嫉妬……「特選小説」2000年5月号

遺された情事……「特選小説」2002年10月号

○この作品はフィクションです。実際の個人、団体、事件などとは一切関係ありません。

双葉文庫

あ-57-12

美人上司とにわか雨

2022年9月11日　第1刷発行

【著者】
雨宮慶
©Kei Amamiya 2022
【発行者】
箕浦克史
【発行所】
株式会社双葉社
〒162-8540 東京都新宿区東五軒町3番28号
［電話］03-5261-4818(営業部)　03-5261-4833(編集部)
www.futabasha.co.jp(双葉社の書籍・コミックが買えます)
【印刷所】
中央精版印刷株式会社
【製本所】
中央精版印刷株式会社

【フォーマット・デザイン】
日下潤一

落丁・乱丁の場合は送料双葉社負担でお取り替えいたします。「製作部」宛にお送りください。ただし、古書店で購入したものについてはお取り替えできません。［電話］03-5261-4822(製作部)

定価はカバーに表示してあります。本書のコピー、スキャン、デジタル化等の無断複製・転載は著作権法上での例外を除き禁じられています。本書を代行業者等の第三者に依頼してスキャンやデジタル化することは、たとえ個人や家庭内での利用でも著作権法違反です。

ISBN978-4-575-52607-3 C0193
Printed in Japan

雨宮慶（あまみや）　**単身赴任**　長編エロス

単身赴任中の江上達郎は、妻との遠距離恋愛のような性生活を送りつつ、赴任先に戻る途上で知り合った女性との逢瀬を楽しむようになる。

雨宮慶　**未亡人ふたり**　長編エロス

高校三年の友部僚太は、越してきたばかりの隣家の未亡人の寝室での肢体を目撃する。劣情を煽られる彼だが反対側の隣家もまた未亡人で。

雨宮慶　**指の記憶**　オリジナル官能短編集

かつての教え子と思いがけず再会した女教師の妖しい淫欲を描く表題作をはじめ、七編の艶めく短編を収録した珠玉の傑作官能短編集。

雨宮慶　**猥色（わいしょく）のラビリンス**　長編エロス

大手商社に勤める吉野文彦は、向かいに住む人妻のセミヌードを覗き見る機会に恵まれる。だがそこには人妻の淫靡で密かな思惑があった。

雨宮慶　**不　倫**　——罪の媚薬　オリジナル官能短編集

妻の日記を盗み見た夫の、苦悩と予期せぬ効果を描いた「不倫日記」ほか、ふと陥ってしまう性愛の世界を描いたオリジナル官能短編集。

雨宮慶　**夜　顔**　——インモラルな性戯　長編エロス

入浴を覗いたことをきっかけに憧れの叔母響子と禁断の関係を持ってしまった高校生の公太。深みに嵌まっていく二人を待つ結末とは。

雨宮慶　**淫する**　——人妻たちの性炎　オリジナル官能短編集

代議士夫人に抱いた淫心、十九年前に一度だけ関係を持った画家と人妻の再会譚など、人妻たちの崩れていく心情を描いた短編七編を収録。

雨宮慶　熟れて乱れて

オリジナル
官能短編集

入院中の年男は29歳下の看護師・由貴子と結婚の約束をしたが、なかなか身体を許してくれない。ある日、年男は由貴子の隠し事を知る。

雨宮慶　熟れ妻は午後に

オリジナル
官能短編集

いけないことと知りながら、抑えきれない欲望に身を焦がす、三十路を超えた熟女たちの奔放な性を描く珠玉の短編七編を収録。

雨宮慶　情事の言い訳

オリジナル
官能短編集

こうなったらもう……抱かれる以外ない……。男と女がはまり込んだ快楽の罠。艶情に旅情を絡めて描く、オトナのしっぽりエロス！

雨宮慶　助手席の未亡人

オリジナル
官能短編集

W不倫中の男女が事故で亡くなった。「遺された夫」は「遺された妻」に接近した。二人のやるせない思いが狂おしき情交を生み出した！

霧原一輝　突然のモテ期

オリジナル長編
僥倖エロス

三十八歳の山田元就は転職を機に究極レベルでモテモテに。オナニーで鍛えた「曲がりマラ」で、いい女たちを次々トロけさせていく。

霧原一輝　旅は道連れ、夜は情け

書き下ろし長編
旅情エロス

雑貨屋を営む五十二歳の鶴岡倫太郎は仕入れのために訪れた京都、小樽で次々と美女もゲットする。雪の角館では未亡人としっぽり——。

霧原一輝　この歳でヒモ？

オリジナル長編
第二の人生エロス

五十路を迎えてリストラ同然に会社を辞めた岩木孝太郎は、退路を断ちプライドを捨てて女への奉仕に徹することを決めた。回春エロス。

著者	書名	分類	内容
霧原一輝	アイランド熱帯夜	書き下ろし長編 離島エロス	五十半ばの涼介は沖縄の離島で、三人の美女といい仲に。自由な性を謳歌できない狭い島で、旅行者は恰好のセックス相手なのだ——。
霧原一輝	夜も添乗員	オリジナル長編 旅情エロス	新米ツアコンの大熊悠平は、東尋坊の断崖で助けようとした女性と懇ろになったことを契機に準童貞からモテ男に。ついに憧れの先輩とも⁉
霧原一輝	いい女ご奉仕旅	書き下ろし長編 献身エロス	旅先で毎回美女と懇ろになる恐るべき中年、倫太郎。南のマドンナ女教師から北国の旅館若女将まで、相談に乗って体にも乗っちゃいます！
霧原一輝	美女刺客と窓ぎわ課長	書き下ろし長編 春のチン事エロス	田村課長52歳はリストラに応じる条件として「俺をイカせること」と人事部の美女たちに言い放つ。セックス刺客をS級遅漏で迎え撃つ！
霧原一輝	居酒屋の女神	書き下ろし長編 SEXレースエロス	おじさん5人は、すっかりゴブサタな現状を憂い、皆で「セックス積み立て」を始めた。いち早くセックスできた者の総取りなのだ！
霧原一輝	女体、洗います	オリジナル長編 浴場エロス	スーパー銭湯で今も活躍する伝説の洗い師に弟子入りした23歳の洋平は洗っていたヤクザの妻とヤってしまい、親方と温泉場逃亡の旅へ。
霧原一輝	マドンナさがし温泉旅	書き下ろし長編 ポカポカエロス	松山、出雲、草津、伊香保、婚活旅をする男ヤモメの倫太郎、54歳。聞き上手だから各地で「身の下」相談に。GO TO湯けむり美女！

霧原一輝
蜜命係長と島のオンナたち
書き下ろし長編
ヤリヤリ出張エロス
会長の恩人女性をさがせ！　閑職にいる係長に出世の懸かった密命が下る。手がかりはなんとイク時だけ太股に浮かぶという蝶の模様だけ！

霧原一輝
PTA会長は官能作家
書き下ろし長編
夜の活動報告エロス
山村優一郎は突然、小学校のPTA会長に推挙された。なってみると奥様方の派閥争いに巻き込まれ、肉弾攻撃にチンコが乾くヒマもない！

霧原一輝
部長夫人と京都で
書き下ろし長編
イケない古都
しましょエロス
頼りない男で童貞の23歳、小谷翔平は部長の家で奥さんと懇ろになり、ついには秋の京都へ不倫旅行。その後、まさかまさかの展開が！

霧原一輝
蜜命係長と女スパイ
書き下ろし長編
企業秘蜜に
カラダを張れエロス
リゾート開発プランがハニートラップによって盗まれた！　かくなる上はハニトラを逆トラップにかけるまで！　刺客はどの美女だ？

霧原一輝
オジサマが好き♡
オリジナル長編
中年のモテ期エロス
「がっつかないところや舐め方が丁寧なのが好き！」体力的に止むに止まれぬスローセックスが逆に美点に！　あ〜、オジサンでよかった！

霧原一輝
鎌倉の書道家は未亡人
書き下ろし長編
長編やわ筆エロス
空港でのスーツケース取り違えがきっかけで美しすぎる未亡人書道家と出会った祐一郎は北陸の秘境宿でついに一筆入魂、カキ初めする！

草凪優
大学生からヤリ直し
書き下ろし長編
あのコとヤレた
世界線エロス
頭の中は35歳のままで14年前の大学時代にタイムリープ！　今度の人生こそ、憧れの存在だった夕希とヤリたい！　性春ヤリ直しエロス。